Nella Beinen

Wie ein Kuss alles veränderte

AF146256

Wie ein Kuss alles veränderte

Michael beginnt sein letztes Schuljahr, geht gerne auf Partys und spielt in seiner Freizeit Fußball. Zudem bändelt er mit dem beliebtesten Mädchen auf der Schule an und wird deswegen von vielen beneidet.

Im Sportunterricht trifft er zum ersten Mal auf den Außenseiter Bennie aus der Parallelklasse, der ihm bis dahin nie aufgefallen ist. Aber auf einmal ist Bennie überall.

Michael und Bennie freunden sich an und um Michaels innerer Ruhe ist es geschehen. Er steckt mitten im Gefühlschaos. Dabei ist doch klar, dass er voll und ganz in Ayleen verliebt ist, oder?

Nella Beinen

Nella Beinen stammt aus Norddeutschland und hat ein bewegtes Leben hinter sich. Von der Lüneburger Heide aus zog es sie nach Essen, Spiekeroog und Bonn. Am Niederrhein ist sie jetzt sesshaft geworden.

Als Taschenbuch und Ebook erschienen:
Und dann passierte das Leben
Wie ein Kuss alles veränderte
56 Punkte zum Glück
Das Leben ist so einfach
Sammelband "Kochlöffel, Trecker und Beziehungskiste"

Nur als Ebook erschienen:
Reise in die Vergangenheit: Neues von Tobias und Florian
Ein neues Zuhause: Authorschallenge
Reihe Kochlöffel, Trecker und Beziehungskiste

Nella Beinen

Wie ein Kuss alles veränderte

ROMAN

Bibliografische Informationen der Deutschen Nationalbibliothek:
Die Deutsche Nationalbibliothek verzeichnet diese Publikation in der
Deutschen Nationalbibliografie. Detaillierte bibliografische Daten sind
im Internet unter dnb.d-nb.de abrufbar.

© 2022 Nella Beinen

Lektorat: Daniela Seiler www.textkabinettchen.de

Korrektorat: Daniela Seiler www.textkabinettchen.de

Cover: A+K Buchcover www.akbuchcover.de

Illustrationen: Gordon Johnson
DONT SELL MY ARTWORK AS IS
Prazis Images@shutterstock.com

Buchsatz: Nella Beinen
gesetzt aus der EB Garamond
erstellt mit *SPBuchsatz*

TWENTYSIX
Eine Marke der Books on Demand GmbH

Herstellung und Verlag:
BoD – Books on Demand, Norderstedt

ISBN: 9783740706272

Kapitel 1

Er stand ganz nah vor mir. Ich konnte seinen Atem auf meinem Gesicht spüren. Eine Gänsepelle überzog meine Haut und mein Herz raste. Garantiert würde es gleich meinen Körper verlassen, weil es sich durch die Hautschichten vibriert hatte. Würde er mich gleich küssen?

Oh nein, bitte nicht. Bitte, bitte nicht. Wenn er mich jetzt küsst, dann ... keine Ahnung, was dann wäre.

Ich stand doch auf Ayleen. Wie konnte ich nur hier landen? In der heimlichen Knutschecke unserer Schule, mit diesem unglaublichen Typen aus der Parallelklasse.

Oh nein, da war es schon wieder. Unglaublich? Was dachte ich da nur? Ich schaute ihn mit großen Augen an und er erwiderte den Blick. Warm und absolut sicher in dem, was er vielleicht gleich vorhatte. Wie konnte ich nur hier wegkommen? Mein verdammter Mund war völlig ausgetrocknet.

Er kam immer näher mit diesem wunderschönen Mund. Diese Lippen ... Nein, nein, nein. Wie konnte man nur so viel in so kurzer Zeit denken?

Zu Beginn meines dreizehnten und letzten Schuljahres hätte ich nie gedacht, dass ich mal in dieser Ecke mit einem Typen landen würde. Natürlich kannten wir die Schüler aus unseren Parallelklassen, nur gab es nicht immer und überall Berührungspunkte. Man konnte zehn Jahre mit den Leuten in eine Schule gehen, hatte aber noch nie mit ihnen gesprochen.

Außer es gab unplanmäßige Änderungen. Da drei Lehrer kurzfristig ausgefallen waren, hatte die Schulleitung unsere Stundenpläne angepasst, so dass jetzt immer zwei Klassen zusammen Sport hatten.

Am zweiten Tag des neuen Schuljahres betrat ich mit den Jungs aus meiner Clique pünktlich zum Sportunterricht die Umkleide. Wir hatten miteinander gescherzt, uns dabei angestoßen, wie man das so machte. Die Typen aus der anderen Klasse waren bereits da. Sie schauten auf, als wir reinkamen, beachteten uns aber nicht weiter. Sie hatten sich natürlich die besten Plätze in der hinteren Ecke gesichert, sodass wir uns nahe des Eingangs umziehen mussten.

Ich hasste es. Irgendwer war immer schneller fertig als alle anderen, ging schon raus, schloss die Tür nicht. Der Nächste folgte und so weiter. Ständig war man halbnackt für die Lehrer oder Mädchen zu sehen. Ich schämte mich nicht für meinen Körper und beim Schwimmen trug ich nur Badekleidung, aber wenn ich nach dem Sport die Unterhose wechselte, wollte ich nicht meinen Penis für alle präsentieren. Aber diese Situation war für uns alle ein notwendiges Übel, das wir heroisch auf uns nahmen.

Ich steuerte schnell einen freien Platz nicht ganz so nah an der Tür zwischen zwei Jungs der Parallelklasse an. Mit dem Wurf meiner Sporttasche markierte ich mein Revier, bevor mir jemand zuvorkam.

Und da war er. Unsere Blicke trafen sich. Nur kurz, aber es war mehr als nur ein normaler Blickkontakt, als ob mich ein Blitz durchzuckte. Sofort senkte ich den Kopf und kramte meine Sportsachen hervor zum Umziehen. Er war zwar vier Plätze weiter, trotzdem spürte ich seine Augen auf mir, seine Musterung brannte auf meiner Haut. Ich traute mich nicht, erneut zu dem Jungen zu sehen.

Meine Güte, wie konnte ein Blick mich nur so durcheinanderbringen? Wer war das nur? Ich kannte ihn nicht, nicht mal seinen Namen. Wo tauchte er so plötzlich auf? War er neu auf der Schule? Aber das hätte ich bestimmt schon gehört. Es gab einfach Schüler, die man nie sah und bemerkte. Zu der Sorte musste er gehören. Die Einzelgänger, die keine Beachtung fanden und in der Menge untertauchten.

Ich zog mich so langsam wie möglich um, musste meine Gedanken ordnen. Jedenfalls las man so etwas doch immer in Büchern, oder?

Als er an mir vorbeiging, hob ich den Kopf, als hätte ich es geahnt. Wieder sahen wir uns tief in die Augen. Es war wie bei zwei Magneten, die sich anzogen und ich hielt kurz die Luft an. Nachdem er den Raum verlassen hatte, schüttelte ich den Kopf. Was dachte ich da nur für einen Müll?

Als Letzter betrat ich die Halle und steuerte die Jungs aus meiner Clique an. Überall standen die Schüler in Gruppen herum und unterhielten sich leise. Das Gemurmel drang an mein Ohr.

Ich lief an den Mädels aus meiner Klasse vorbei. Im Vorbeigehen schnappte ich einige Fetzen auf.

»... der Dunkelhaarige, dort drüben ...«

Ich folgte ihrem Blick und natürlich war es der Unbekannte, von dem sie sprachen. Mir wurde warm und ich ging langsamer, spitzte die Ohren.

»... total heiß ...«

»... das ist Bennie ...«

»... habe vorletztes Jahr versucht ...«

»... der soll total gut Fußball spielen ...«

Was? Was hattest du vorletztes Jahr vor? Mist, wenn ich noch langsamer werde, fiel es auf. Er war also kein Zugezogener. Immerhin kannte ich jetzt seinen Namen. Bennie also. Fußball spielen kannst du auch. Mal sehen, wie sportlich du bist.

Ich war im Fußballverein unseres Stadtteils, doch gegen Bennie war ich bisher noch nie angetreten. Er konnte für keinen Sportverein in meiner Gegend spielen. Oder kickte er nur freizeitmäßig?

Ständig sah ich zu ihm und fast wäre ich in eine Gruppe hineingerannt, da ich nicht auf meinen Weg achtete. Endlich kam ich bei meinen Jungs an, die mal wieder nur über Partys sprachen. Wo und wann stieg die Nächste, wer brachte was mit. Nach einigen Sätzen schweiften meine Gedanken ab.

»Hey Micha, Erde an Micha, wo bist du denn?« Mein bester Freund Lukas stupste mich von der Seite an.

»He?«, entgegnete ich geistesabwesend.

»Gehen wir am Samstag gemeinsam zu Matzes Party? Wir könnten bei mir vorglühen, meine Eltern sind nicht da.«

»Oh, äh, klar. Wer kommt noch?«

Doch bevor Lukas antworten konnte, unterbrach der Lehrer mit lautem Klatschen unsere Gespräche.

Während der Stunde beobachtete ich Bennie weiter, ganz egal wie sehr ich mich auch dazu zwang, wegzusehen. Zu meiner Irritation gefiel mir, was ich sah, vor allem wenn er sich bewegte. Unter dem Shirt arbeiteten seine Muskeln, so eng anliegend war es. Mit seinen Beinen stieß er sich kraftvoll vom Boden ab und er lief leichtfüßig durch die Halle. Halleluja, das machte so viel Spaß, ihm zuzusehen.

Stopp, stopp, stopp. Warum starrte ich immer hin? Wieso gefiel mir, was ich sah? Das war doch nur ein Typ. Ich fand noch nie einen Typen heiß, ganz egal, wie er sich bewegte oder aussah und würde jetzt auch nicht damit anfangen. Ich verpasste mir innerlich eine Ohrfeige. Was war denn hier los? Ich steh auf Ayleen, rief ich mich selbst zur Ordnung.

Am Wochenende wollte sie zu Matzes Party kommen und ich freute mich darauf, sie außerhalb der Schule zu treffen. Bisher hatten wir es nicht geschafft, uns in unserer Freizeit zu verabreden. Mal abwarten, was sich so entwickelte. In den Ferien hatten wir uns nicht gesehen, weil sie ständig unterwegs gewesen war. Warum waren wir auch erst in der letzten Schulwoche ins Gespräch gekommen? Ich ärgerte mich immer noch, dass ich nicht schon vorher den Mut aufgebracht hatte, sie anzusprechen. Aber sie war nun einmal eines der beliebtesten Mädchen auf der Schule und konnte fast jeden haben.

»Michael«, rief mein Lehrer und ich zuckte zusammen. »Wann willst du die Basketbälle holen? Übermorgen?«

9

Oh, ich entschuldigte mich und machte mich auf den Weg.

»Was ist denn heute mit dir los?«, flüsterte Lukas mir vorher noch zu, was überhaupt kein Flüstern war und schnell blickte ich mich um, ob es auch keiner mitbekommen hatte.

Ich musste unbedingt einen klaren Kopf bekommen und nicht weiter über Bennie oder Ayleen nachdenken. Zumindest musste ich mich erst einmal auf den Unterricht konzentrieren. Ganz abgesehen davon, dass ich überhaupt nicht an Bennie denken wollte.

Kapitel 2

Die erste Woche war vom Unterrichtsstoff her nicht so schwierig. Wir besprachen die Anforderungen für das Abitur, den Ablauf des Schuljahres, all die wichtigen Dinge, die irgendwie trotzdem an mir vorbeirauschten. Meine Gedanken waren in eine ganz andere Richtung gedriftet.

Wie konnte es sein, dass einem ein Mensch jahrelang nicht auffiel und auf einmal traf man ihn überall? Warum hatte ich ihn nie wahrgenommen?

Jetzt war er in den Räumen neben mir, kam mir in den Fluren entgegen, ich kannte sogar seine Lieblingsstelle auf dem Pausenhof.

Jedes Mal trafen sich unsere Blicke, in der Pause setzte ich mich extra so, dass er in meinem Sichtfeld war und es nicht auffiel, wenn ich über die Schultern meiner Freunde zu ihm schaute. Außerdem lächelte er mich an, wenn wir uns ansahen. Zumindest hoben sich seine Mundwinkel leicht nach oben, was einem Lächeln verdammt ähnlich kam. Wenn er sich unbeobachtet fühlte, hatte er diesen cooler Typ Blick, der einen undurchschaubar machte. Der totale Gegensatz zu mir. Lukas, der nicht nur mein bester Freund, sondern auch Nachbar war, sagte immer, man sah mir an der Nasenspitze an, was ich dachte. Deswegen könnte ich seiner Meinung nach nicht lügen.

So sehr ich versuchte, woanders hinzuschauen, wenn ich Bennie entdeckte, ich bekam es nicht hin und ärgerte mich hinterher. Warum tauchte dieser Typ ständig in meinen Gedanken auf, obwohl ich rein gar nichts von ihm wusste?

Zu Hause hatte ich ihn sogar schon gedankenlos gezeichnet und erschrocken das Bild in kleine Fetzen gerissen und weggeworfen. Dabei war es eine wirklich gute Zeichnung gewesen. Aber hätte Lukas es in meinem Zeichenblock entdeckt, den er ständig durchschaute, hätte es viele unangenehme Fragen gegeben. Bisher hatte ich noch nie eines der Mädchen gezeichnet, auf die ich stand. Und wenn, dann nur heimlich, sodass auch Lukas nie etwas mitbekommen hatte.

Freitagmittag saßen wir in der Pause auf unserer Stammtischtennisplatte auf dem Schulhof und planten den Samstagabend. Am Rande nahm ich eine Bewegung wahr und sah auf. Ayleen steuerte zielsicher auf mich zu. Wie immer ihre beste Freundin Klara im Schlepptau, die ich nicht mochte. Sie faselte Ayleen nur nach dem Mund und schien keine eigene Meinung zu haben.

Ayleen sah wieder verdammt gut aus. Mein Bauch vollführte Minipurzelbäume und ich musste mich zusammenreißen, um sie nicht allzu offensichtlich anzustarren. Ihre langen braunen Haare hatte sie zu einem lockeren Pferdeschwanz zusammengebunden und das orangene Kleid passte perfekt zu ihr. Ich wurde von vielen Jungs aus der Schule um ihr Interesse an mir beneidet und war ziemlich stolz drauf, dass sie mich auserkoren hatte.

»Sehen wir uns morgen Abend auf der Party bei Matze?«, fragte sie mich, als sie neben mir stand. Ihre Freundin blieb hinter ihr stehen und Lukas versuchte sie in ein Gespräch zu verwickeln. Ich hörte nicht richtig hin, weil ich mich auf Ayleen konzentrierte, aber er schien nicht sehr erfolgreich zu sein.

»Klar, ich hatte doch gesagt, dass ich komme«, antwortete ich Ayleen.

»Gut, dann bis morgen.« Sie lächelte mich an, drehte sich um und ging wieder ihrer Wege. Klara immer an ihrer Seite. Ich hätte mich gerne länger mit Ayleen unterhalten. Viel wusste ich noch nicht von ihr. Meistens war sie von einer Traube Mädchen umgeben und da wollte ich nicht zwischen geraten. Es war schwer, sie alleine zu erwischen. Aber dadurch, dass Lukas versucht hatte, mit Klara zu reden, wäre es meine Chance gewesen.

Noch während ich überlegte, ihr nachzulaufen und Lukas mitzuschleppen für Klara, fiel mein Blick auf Bennie und ich blieb an Ort und Stelle. Er hatte ein Buch in der Hand und ich hätte zu gern gewusst, was er las. War er ein Bücherwurm? Bisher hatte ich ihn noch nicht mit einem Buch gesehen. Aber was sagte schon eine Woche über ein ganzes Schulleben aus? In meinem Kopf hatte ich schon die perfekte Skizze erstellt zu dem Bild, das ich vor mir sah. Bennie, so wie jetzt lesend an die Wand gelehnt und um ihn herum viele Bücher.

»Okay, die hast du sicher.« Lukas legte mir eine Hand auf die Schulter und ich schüttelte meine Gedanken an Bennie ab. Damit Lukas nichts merkte, grinste ich ihn an.

»Warum bekommst du immer die Gutaussehenden ab und mit mir will keine etwas zu tun haben?«, fragte Lukas mit gespielter Verzweiflung.

»Ich bin halt nett zu den Mädels. Mir geht es nicht nur ums Abschleppen. Außerdem bin ich der besser Aussehende von uns beiden«, antwortete ich ihm mit dem gebotenen Ernst, bevor ich lachte und dabei wieder auf Bennies Platz blickte. Doch er war verschwunden und eine schwache Welle der Enttäuschung schwappte durch mich hindurch. Wie gut, dass es zur Stunde klingelte und wir in unsere Klassen mussten.

Um 23 Uhr kamen wir auf der Party an. Ayleen hatte mir bereits zwei Nachrichten geschrieben, wann ich denn endlich erscheinen würde, es wäre so langweilig ohne mich. Die Jungs zogen mich deswegen auf.

,Achtung, die kontrolliert bald jeden Schritt von dir' oder ,Wir müssen am Montag unbedingt in ein Schuhgeschäft und dir Pantoffel kaufen, du Pantoffelheld.' Ich versuchte, nicht hinzuhören und ließ ihnen ihren Spaß. Wenn ich etwas sagen würde, würden sie nur noch mehr darauf einsteigen.

Es waren schon einige da, als wir die Party erreichten. Sie erstreckte sich vom Garten, durch den wir kamen, über das Wohnzimmer bis in die Küche, wo die Getränke lagerten. Wir begrüßten Matze und überreichten ihm die mitgebrachte Kiste Bier als Geschenk.

Zu meinem Entsetzen liefen Schlager. Ich konnte mit den Liedern nichts anfangen, aber warum auch immer standen in meiner Stufe alle total drauf.

Ich schlängelte mich langsam durch die Menge und hielt nach Ayleen Ausschau. Vielleicht erwischte ich sie ohne ihren Schatten namens Klara. Dann sah ich beträchtliche Chancen, dass wir uns endlich näherkommen würden. Bisher entdeckte ich nur weder sie noch ihre beste Freundin.

Dafür erblickte ich im Wohnzimmer in einer Ecke jemand anderen. Bennie. Magisch, wie von einer unsichtbaren Schnur angezogen, trug mein Körper mich zu ihm. Er hatte mich auch gesehen und dieses Mal war ich mir zu hundert Prozent sicher, dass das ein Lächeln in seinem Gesicht war.

»Hey«, begrüßte ich ihn nicht gerade einfallsreich.

»Hey«, kam es genauso von ihm zurück, danach Schweigen. So brachte man kein Gespräch in Gang. Also eine Frage stellen, überlegte ich schnell. Aber mein Kopf war leer. Herrgottnocheins, schimpfte ich mit mir und war völlig fasziniert, Bennie aus der Nähe zu betrachten. Nicht mal im Sport war ich ihm bisher so nah gekommen.

»Ich bin übrigens Micha. Wir haben zusammen Sport.« Das war nicht besser wie die Begrüßung. Meine Güte war das schlecht, aber mir fiel nichts Besseres ein. Wir hatten noch nie miteinander gesprochen.

»Ja, jetzt wo du es sagst, kann ich mich an dich erinnern. Du bist der, der im Unterricht träumt und ständig vom Lehrer extra angesprochen wird, richtig?« Sein Mund verzog sich zu einem frechen Grinsen, das mein Herz doch tatsächlich schneller schlagen ließ und ich wäre am liebsten im Boden versunken. War ja klar, dass er sich das gemerkt hatte. »Ich bin Bennie. Aber das wirst du garantiert schon wissen.«

»Ja, stimmt.« Und auf einmal sickerten seine Worte zu mir durch und mir wurde siedendheiß. Hatte er etwa mitbekommen, wie ich ihn in genau diesem Unterricht angestarrt hatte? Wo war das Loch, in dem ich verschwinden konnte? Ich schaute mich um, suchte eine Möglichkeit zu verschwinden, ohne dass es zu auffällig war und wollte es doch eigentlich gar nicht. Atmen, Micha, Atmen. Ich fuhr mir mit beiden Händen durchs Haar. Wenn nicht bald einer von uns etwas sagte, würde die Gesprächspause peinlich werden.

»Was machst du hier? Ich kann mich nicht erinnern, dich jemals auf einer unserer Partys gesehen zu haben?«, fiel mir dann doch noch ein und ich war erleichtert, nicht nur wie blöd dazustehen. Er hatte sich bestimmt schon gewundert, warum ich auf ihn zugekommen und immer noch da war. Zudem beglückwünschte ich mich, da es gleich zwei Fragen waren und er darauf nicht nur mit Ja oder Nein antworten konnte. Ich applaudierte mir innerlich, die peinliche Situation abgewendet zu haben und atmete durch.

»Ach, ich hatte nichts Besseres zu tun und da es unser letztes Schuljahr ist, dachte ich mir, ich schaue mir mal an, worüber ihr montags immer so quatscht.« Bennie schob eine Hand in seine Hosentasche, mit der anderen stützte er sich an der Kommode neben ihm ab. »Normalerweise spiele ich sonntags Fußball und will dafür ausgeschlafen sein.«

Wow, er hatte eine tolle Stimme. So eine tiefe, sanfte, einer, der man stundenlang zu hören konnte, wie in einem Hörspiel. Unwillkürlich schloss ich die Augen und konzentrierte mich auf den Klang. Eine Gänsepelle bildete sich auf meiner Haut. Er hätte mir jetzt auch einen Vortrag über Bruchrechnen und Formeln auflösen halten können, es hätte verdammt gut geklungen und ich hätte ihm fasziniert gelauscht. Ich öffnete wieder die Augen, zeichnete jedoch im Kopf, wie ich im Bett lag, er neben mir saß und …

Da torkelte jemand gegen mich und holte mich zurück ins hier und jetzt. Hoffentlich hatte ich Bennie nicht angestarrt, während ich über seine Stimmlage sinniert hatte. Bestimmt hatte mein Gesicht die Farbe einer überreifen Tomate, die kurz vorm Platzen stand. Herrgottnocheins, ich war nicht ganz bei Sinnen. Was war denn nur los?

Wie viel hatte ich eigentlich schon getrunken beim Vorglühen? Mir wurde heiß und kalt. Ayleens Stimme sollte mir gefallen. Ich sollte schleunigst nach ihr suchen. Sie wartete bestimmt hier irgendwo auf mich.

»Du spielst Fußball?«, fragte ich stattdessen. Froh darüber, dass ich mich daran erinnerte, was Bennie gesagt hatte und gepaart mit der Hoffnung, dass es keine zu lange Pause gewesen war. Außerdem wollte ich nicht so unhöflich sein und sofort wieder abhauen, wo ich doch das Gespräch begonnen hatte. Das mich noch etwas anderes hier hielt, ignorierte ich. »Wo? Ich spiele auch, habe aber bisher nie gegen dich gespielt.«

»Das kann sein. Ich spiele nicht bei den A-Junioren, sondern eine Stufe höher. Bei den ersten Herren. Denen fehlte ständig ein Spieler und ich wurde eingesetzt. Irgendwie hat es sich ergeben, dass ich jetzt immer dort spiele.« Er beugte sich zu mir vor, während er sprach, damit ich ihn über die Musik besser verstehen konnte. Dabei kroch sein Duft mir in die Nase. Es war eine Mischung aus einem Hauch Zitrus vermischt mit seinem Eigengeruch. Heilige Scheiße, ich musste mich zusammenreißen, um nicht genießerisch die Augen zu schließen. Ich musste unbedingt von hier weg, doch meine Füße waren wie festgenagelt am Boden.

»Cool. Morgen hast du kein Spiel?« Ich wagte es, mich an das Regal zu lehnen, das in der Ecke neben der Kommode stand. Von hier aus konnte ich das komplette Wohnzimmer überblicken, wenn ich gewollt hätte, aber meine Augen waren ausschließlich auf Bennie gerichtet. Ich bekam bis auf die Musik nichts anderes von der Party mit.

»Schon, aber das ist nicht so wichtig. Passt schon.«

Wir unterhielten uns weiter über Fußball und kamen auf andere Themen zu sprechen. So langsam entspannte ich mich in seiner Gegenwart, wurde lockerer und genoss das Gespräch in vollen Zügen. Als irgendwann Helene Fischer aus den Boxen tönte, stöhnte ich verzweifelt auf. Bennie lachte.

»Brauchst du einen Krankenwagen?«, fragte er mich und der Schalk blitzte ihm aus den Augen.

»Nein, aber es ist hart an der Grenze. Helene Fischer ist auf meiner Anti-Schlager-Liste ganz oben.« Ich deutete mit einer Hand eine Höhe an. »Aber bei diesen Partys spielen sie kein Nirvana oder Rock. Manchmal habe ich Glück und es kommt Kuschelrock.«

Während wir uns über die Vor- und Nachteile verschiedener Musikrichtungen unterhielten, er verstand da wirklich viel von, berührte mich jemand am Oberarm. Ich zuckte zusammen. Ayleen war unvermittelt neben mir aufgetaucht und das schlechte Gewissen überfiel mich, hatte ich sie doch tatsächlich im Laufe der letzten Stunde völlig vergessen.

Zudem kroch die Enttäuschung über die Unterbrechung in mir hoch, obwohl ich mich eigentlich mit ihr hier treffen wollte.

»Ja, bis Montag und ein gutes Spiel morgen«, beendete ich das Gespräch und schenkte Ayleen ein halbherziges Lächeln, die mich mit verschränkten Armen musterte.

»Danke, wir sehen uns und noch viel Spaß auf der Party.«

Schweren Herzens riss ich mich von Bennie los und ging mit Ayleen in die Küche, um mir auch endlich mal ein Getränk zu holen. Dort trafen wir, Achtung Spoiler, auf Ayleens Schatten und damit war der Abend für mich gelaufen. Ich versuchte zwar, mich auf Ayleen und unsere Unterhaltung zu konzentrieren, aber es war nicht dasselbe wie mit Bennie. Hier ging es um Mode, Klatsch und Tratsch, der mich nicht interessierte. Hauptsächlich sprachen Ayleen und Klara miteinander. Wobei Ayleen redete und Klara ihr zustimmte. Fast hätte ich die Augen verdreht, konnte mich aber noch rechtzeitig zurückhalten.

Ich tat so, als ob ich den Mädels zuhören würde, warf hier und da ein Hm ein oder lachte mit ihnen, doch nachdem ich sicher war, lange genug bei Ayleen gestanden zu haben, entschuldigte ich mich und wechselte ins Wohnzimmer. Schon beim Betreten hielt ich nach Bennie Ausschau, fand ich ihn jedoch nicht mehr und die aufkeimende Enttäuschung unterdrückte ich. Immerhin war doch Ayleen hier. Kurz überlegte ich zu ihr zurückzugehen und blieb unschlüssig in der Tür stehen. Der Abend hatte den Zauber für mich verloren und die restliche Freude am Feiern, der Teil, der sich auf Ayleen gefreut hatte, war in der Küche bei Ayleen und ihrem Schatten zurückgeblieben.

Nachdem ein betrunkener Junge aus der Parallelklasse mich beiseite geschubst hatte, weil er durch die Tür wollte, machte ich eine Runde durchs Wohnzimmer und den Garten. Natürlich nur um sicherzugehen, dass ich Bennie nicht übersehen hatte. Ich wollte doch meine Unterhaltung über Musik mit ihm beenden, aber leider war er tatsächlich gegangen.

Auf einmal kam ich mir zwischen all den feiernden, trinkenden und Spaß habenden Leuten fehl am Platz vor und da ich müde war, beschloss ich, die Party zu verlassen. Ich winkte Lukas zu, der gerade mit einem Mädel sprach und ging.

Auf dem Heimweg lief das Gespräch mit Bennie wie ein Kinofilm immer wieder vor meinen Augen ab. Wie einfach war es doch, mit ihm zu reden. Mein Herz hüpfte, bis mir einfiel, wie anstrengender dagegen die wenigen Gespräche mit Ayleen gewesen waren. Ich interessierte mich nicht für Kleider, Schminke oder die neuesten Boygroups. Sie nicht für Fußball, Sport im Allgemeinen und meine Musik. Sogar bei Serien und Filme hatten wir bisher unterschiedliche Meinungen. War das mit meinen Ex-Freundinnen auch schon so gewesen? Zumindest hatten wir meistens denselben Film- und Seriengeschmack, oder? Hatten sie mir etwas vorgemacht? Ich schüttelte den Kopf, um die Gedanken loszuwerden und mich wieder auf Ayleen zu konzentrieren.

Ich schwankte immer noch zwischen mal mit ihr essen zu gehen oder sie ins Kino einzuladen, aber in welchen Film? Ich wollte keinen Schnulzenfilm sehen, wusste allerdings, dass sie andere Filme nicht mochte. Und darauf ihr einen Abend lang zuzuhören, wie sie von einer Boygroup schwärmte, hatte ich keine Lust.

Ganz selten kam mal der Gedanke auf, es mit ihr sein zu lassen, aber andersherum kannte ich sie noch nicht wirklich und wollte ihr zumindest eine Chance geben. Außerdem war sie alleine anders, als wenn sie jemanden aus ihrer Clique um sich hatte. Diese Ayleen mochte ich. Die war es, die mir kurz vor den Sommerferien imponiert hatte mit einer klaren Meinung. Außerdem war sie bereit, sich zumindest etwas mit Fußball auseinanderzusetzen und es nicht sofort zu verteufeln.

Nach einer Weile schweiften meine Gedanken von Ayleen wieder zu Bennie. Er hatte vorhin erwähnt, dass er unbedingt in den neusten Marvelfilm wollte. Vielleicht sollte ich ihn fragen, ob er mit mir dahin möchte? Lukas konnte ich kaum für Super-heldenfilme begeistern und wenn er mich in einen begleitete, dann nur mir zuliebe.

Beschwingt bei dem Gedanken an Bennie, der vielleicht mit mir ins Kino ging, kam ich zu Hause an und fiel hundemüde ins Bett.

Kapitel 3

Montagmorgen, noch vor Schulbeginn, wünschte ich mir bereits zu Hause geblieben zu sein. Ayleen kam mir vor dem Schulgebäude entgegen. Sie hatte mir gestern schon zwei wütende Nachrichten geschrieben. Lukas grinste nur, klopfte mir auf die Schulter und machte sich auf den Weg zu den anderen Jungs. Ayleen schien nicht besänftigt zu sein. Aus ihren Augen blitzte die Angriffslust. Vielleicht hätte ich mich am Samstag von ihr verabschieden sollen, statt einfach zu verschwinden.

Ich bekam ein schlechtes Gewissen, dass ich zu unterdrücken versuchte, was mich schon wieder nervte. Denn, hey, immerhin waren nicht zusammen und ich ihr nichts schuldig, oder? Unser Beziehungsstatus in den sozialen Medien lautete Single. Zudem hatte ich mich gestern zumindest einmal entschuldigt. Aber anscheinend hätte ich mehr als nur ‚Entschuldigung' schreiben sollen.

Ob Bennie in den sozialen Medien zu finden war? Müsste ich bei Gelegenheit mal nachprüfen. Ein Lächeln huschte über mein Gesicht, das ich aber direkt wieder wegwischte, als Ayleen bei mir ankam. Erst einmal Ayleen, dann die sozialen Medien. Unsere noch nicht vorhandene Beziehung änderte nichts an der Tatsache, dass sie sauer auf mich war.

»Warum bist du am Samstag abgehauen, ohne dich zu verabschieden?«, raunzte sie mich ohne jegliche Begrüßung an, als sie vor mir zum Stehen kam. Kurzzeitig hatte ich Angst, sie würde mich über den Haufen laufen. Sie stemmte die Hände in die Taille und funkelte mich böse an. »Erst unterhältst du dich stundenlang mit diesem Typen und dann stehst du nur eine halbe Stunde bei mir und sagst ganze zwei Wörter. Zur Krönung haust du einfach ab. Wenn du mich nicht magst, kannst du das direkt sagen, dann suche ich mir einen anderen. Und dann hast du nicht mal den Anstand ordentlich auf meine Nachrichten zu antworten.«

Mir war bisher nicht klar, dass die Uhr gestoppt wurde, wie lange ich mich mit wem unterhielt und sie dann auch noch die Wörter zählte, die ich mit ihr wechselte.

Dir ebenfalls einen wunderschönen guten Morgen, dachte ich, traute mich aber nicht, es auszusprechen. Genauso, wie meine weiteren Gedanken.

»Natürlich mag ich dich«, erwiderte ich stattdessen. Sehr gut, selbe Wortwahl wie sie, beglückwünschte ich mich. Und ehe ich weiter drüber nachdachte, hörte ich mich fragen: »Was hältst du davon, wenn wir morgen ins Kino gehen? Du hast doch von diesem neuen Film so geschwärmt.«

Hatte ich das wirklich gesagt? Aber die Worte waren raus und der mürrische Gesichtsausdruck von Ayleen veränderte sich zu einem Strahlen. Jepp, ich hatte sie zum Kino eingeladen. Das hieß dann wohl: Augen zu und durch.

»Wir treffen uns dort um halb acht, in Ordnung?« Ich fügte mich meinem Schicksal und würde morgen einen schrecklich langweiligen Schnulzenfilm schauen.

»Oh, das wäre toll. Ich weiß auch schon genau, was ich

anziehen werde.« Ayleen tippte mit ihrem Zeigefinger gegen ihr Kinn, während ich das Gefühl hatte, sie würde durch mich hindurch sehen.

»Morgen halb acht vor dem Kino. Sehr schön. Ich freue mich. Bis später.« Sie lächelte mich ein letztes Mal an, machte auf dem Absatz kehrt und rauschte in die Schule. Sprachlos blickte ich ihr hinterher. Wieso blieb sie während der Schulzeit eigentlich nie bei mir? Wir hätten doch jetzt gemeinsam in die Schule gehen und uns dabei unterhalten können. Abgesehen davon: Echt jetzt? Ich lud sie ins Kino ein und alles war wieder gut? Ich würde diese weiblichen Wesen nie verstehen. Andersherum hatte ich nun meine Ruhe.

»Na, der Seufzer kam von Herzen. Guten Morgen.« Die Stimme, die mir seit Samstag nicht mehr aus dem Kopf ging, ertönte hinter mir. Ich zuckte vor Schreck zusammen.

»Morgen«, murmelte ich und drehte mich zu Bennie um. Mein Herz machte einen kleinen, eventuell doch größeren Hüpfer, als ich ihn genauer betrachtete. Wie bekam er es nur hin, immer so gut auszusehen? Dabei hatte er einfach nur eine blaue Jeans mit einem grauen Shirt an.

»Was ist passiert? Hat sie ihr Krönchen verloren und du darfst es ihr wieder besorgen?« Bennie schmunzelte.

»So ähnlich. Ich bin ohne mich zu verabschieden von der Party verschwunden. Dafür gehe ich morgen mit ihr in irgendeinen Schnulzenfilm, der mich überhaupt nicht interessiert.« Ich hob hilflos die Arme. »Kannst du dir vorstellen, dass sie in einem Moment noch total sauer auf mich ist und nach der Einladung ist alles in Ordnung? Hast du eine Erklärung, was in den Köpfen von Mädchen los ist?«

Bennie lachte jetzt laut.

»Das ist überhaupt nicht lustig. Was mache ich denn nur während des Films, um nicht einzuschlafen?« Empört blickte ich ihn an und schob meine Daumen unter die Träger meines Rucksacks.

Er holte aus seiner Tasche einen Zettel und einen Stift. »Hier hast du meine Nummer«, sagte er und kritzelte Zahlen auf das Papier. »Wenn es zu schlimm wird, schreib mich an und ich schick dir Witze.«

»Danke.« Ich nahm den Zettel entgegen und schob ihn vorsichtig in meine Hosentasche. Nicht das er noch zerriss oder so. Eine unbändige Freude machte sich in meiner Brust breit, die sich dafür zu eng anfühlte.

»Ich werde auf das Angebot zurückkommen und als Entschädigung darfst du mit mir am Donnerstag in den neuen Marvelfilm. Auf deine Kosten.« Ich tippte mit dem Zeigefinger gegen seine Brust. »Du hast dich bereits zweimal über mich kaputtgelacht.« Keine Ahnung, woher der Übermut kam, aber ich hatte gerade das Gefühl sogar den Mount Everest besteigen zu können.

»Abgemacht.« Der Tag wurde schlagartig besser. Ich hatte gar nicht mit einer Zusage von Bennie gerechnet, sondern eher mit einer Ausrede. Es zauberte ein Lächeln auf meine Lippen und es fühlte sich normal an, als wir gemeinsam die Schulte betraten.

Ich musste mich aufraffen, um mich fürs Kino umzuziehen. Meine kleine Schwester Lisa beobachtete mich, als ich mir Klamotten aus dem Schrank suchte und sie anzog.

»Hast du ein Kinodate mit Ayleen oder gehst du zu einer Beerdigung?«, fragte sie mich nach einigen Minuten.

»Was?« Verständnislos sah ich sie an und knöpfte meine Hose zu.

»Du guckst wie Sieben-Tage-Regen und nicht wie jemand, der sich mit seiner Herzensdame trifft.« Sie warf mit meinem Kissen nach mir, das ich vom Boden griff und zurückwarf.

»So ein Quatsch. Natürlich freue ich mich darauf. Jetzt hör auf und verschwinde in dein eigenes Zimmer.«

Protestierend schlurfte sie vor mir aus dem Raum und ich machte mich auf den Weg.

Als ich am Kino ankam, war Ayleen schon da. Mein blöder Bus hatte fünf Minuten Verspätung. Wurde aber auch endlich Zeit, dass ich achtzehn wurde und allein Auto fahren durfte. Ich umarmte sie und wartete auf die Schmetterlinge, doch bis auf ein kleines Aufzucken meines Bauches geschah nichts. Dabei wusste ich, dass es sie gab. Sie waren zumindest schon bei früheren Freundinnen da gewesen. Kurz überkamen mich Zweifel, ob ich das Richtige machte, doch ich schob sie beiseite. Das kam bestimmt daher, dass ich Ayleen noch nicht so gut kannte, wie meine vorherigen, wenigen Freundinnen.

Im Kino besorgte ich uns die Karten, Popcorn, Nachos und Cola. Dann ging sie los, die Tortur. Es war immer dasselbe mit diesen Filmen. Am Ende kamen sie sowieso zusammen. Zwischen dem Kennenlernen und dem Kuss beim Finale kamen noch ein großer Streit, viele Missverständnisse, die natürlich alle aufgeklärt wurden.

Gut, bei meinen Filmen wusste man auch, dass zum Schluss immer die Guten gewannen und die Bösen besiegt wurden, aber immerhin gab es zwischendrin Komik und Action.

Das Kino war nicht voll und der Platz rechts von mir frei geblieben. Sollte ich auf das Angebot von Bennie eingehen? Wenn ich mich leicht zum leeren Sitz drehen würde, bekam Ayleen es bestimmt nicht mit, wenn ich an meinem Handy hantierte. Die schaute sowieso wie gebannt auf den Film. Und drückte ständig meine linke Hand. Langsam zog ich das Smartphone hervor, um ja keine ruckartigen Bewegungen zu machen und so Ayleens Aufmerksamkeit auf mich zu lenken.

Ich:
Hey Bennie,
steht dein Angebot
der Ablenkung noch?
Der Film ist so was
von langweilig.

Es dauerte nicht lange, bis ich eine Antwort erhielt. Mein Abend war gerettet und ich grinste.

Bennie:
Nimm's nicht so schwer.
Es ist doch nur ein Film.

Ich:
Ich hoffe nicht, dass da
noch Tränen kommen.
Dann müsste ich sie trösten
und darin bin ich so richtig mies.

Bennie:
Man könnte meinen,
du magst Ayleen gar nicht.

Ich:
Doch schon, aber in so
was bin ich nicht gut.

Bennie:
Was willst du von ihr?
Sie in die Kiste kriegen?

Ich:
So einer bin ich nicht.
Ich will die Mädchen nicht
nur in die Kiste kriegen.

Bennie:
Du willst sie kennenlernen?
Also was Ernsthaftes?
Hast du denn schon mal?

Ich:
Ist das denn so schlimm, wenn
man es ernst meint? Und ja, ich
habe schon. Bin ja nicht von gestern.
Es waren nicht so viele wie bei Lukas,
dafür ist mein Ruf ein besserer ☺.
Was ist mit dir? Bist du eher auf schnelle
Nummern aus und wieder weg?

Bennie:
Ist doch in Ordnung, wenn du
das möchtest. Wenn sich bei
mir die Gelegenheit ergibt,
weise ich denjenigen nicht ab.
Aber es sollten schon beide damit
einverstanden und nicht sturz-
betrunken sein.
Eine ernsthafte Beziehung hatte ich
noch nie. Es lief zwar immer mal
wieder das ein oder andere,
aber das würde ich nicht als
Beziehung bezeichnen. Wir haben
uns trotzdem mit anderen
getroffen.

Ayleen stieß mich sanft aber mit der Faust gegen die Schulter und ich warf ihr einen entschuldigenden Blick zu.

Ich:
Ich muss aufhören.
Ayleen schaut so komisch.
Wir sehen uns.

Bennie:
Jo, bis morgen in der Schule.

Mit großen Augen und zusammengekniffenem Mund sah Ayleen mich an.

»Entschuldigung«, flüsterte ich ihr ins Ohr, als ich mich zu ihr rüber beugte. Nun hatte ich für den Rest des Films Zeit, über Bennies Nachricht nachzudenken.

Er wirkte gar nicht wie jemand, der ständig Mädchen kennenlernte. Oder waren es doch Jungs? Ich hatte in der letzten Zeit einiges über Bennie aufgeschnappt. Die Gerüchteküche brodelte bei den Mädels, denen ich in den vergangenen Tagen mehr als sonst zugehört hatte. Der Name Bennie fiel öfter seit den ersten gemeinsamen Sportstunden, was mein Interesse an ihren Gesprächen sprunghaft ansteigen ließ. Eine hatte erst gestern darüber getuschelt, dass sie jemanden in Bennies Verein kannte, der meinte, er würde nur mit Kerlen ins Bett steigen. Ob das stimmte?

Warum zum Teufel beschäftigte ich mich überhaupt mit Bennie? Ich war mit Ayleen hier und sollte über sie nachdenken. Darüber, wie es wohl war, sie zu küssen, ob ihre Lippen sich auch so weich anfühlten, wie sie aussahen. Wie es war, ihre Haare durch meine Finger gleiten zu lassen. Mochte sie das überhaupt?

»Mit wem hast du während des Films geschrieben?«, zischte sie mich an, als wir nach dem Ende den Saal verließen. Ich wollte ihr nicht die Wahrheit sagen und überlegte fieberhaft, was ich ihr stattdessen antworten könnte.

»Das war Lukas. Er brauchte meine Hilfe bei einem Problem«, log ich sie an.

»Und das war so wichtig, dass du ihm im Kino antworten musstest?«

»Ich kann nicht darüber reden. Es ist etwas Privates. Sorry. Aber ich hatte ihm versprochen, für ihn da zu sein, wenn etwas sein sollte.« Ich ritt mich immer weiter rein. Ich machte mir ein gedankliches Memo, dass ich Lukas morgen früh vor der Schule unbedingt über die Lüge aufklärte. Nicht, dass er mich verriet.

»Wirklich so schlimm?«, fragte sie schon besänftigter.

»Wie gesagt, ich darf nicht drüber reden. Was Familiäres.«

»Das hättest du doch schon vor dem Kino sagen können. Dann hätte ich Bescheid gewusst.« Sie griff nach meiner Hand und wir verschränkten unsere Finger miteinander. Es war das erste Mal, dass wir Händchen hielten, aber auch jetzt wartete ich vergeblich auf die Schmetterlinge in meinem Bauch oder das starke Herzklopfen. Die Freude über den Körperkontakt. Nichts. Lief es dieses Mal vielleicht langsamer an? Nicht, dass ich mich nicht darüber freute, dass Ayleen meine Hand genommen hatte.

»Das ist voll lieb von dir, dass du so für deinen Freund da bist«, bemerkte sie.

Als wir aus dem Kino traten, winkte sie einem älteren Herren auf der anderen Straßenseite zu, der vor einem Auto stand. Wahrscheinlich ihr Vater.

»Ja, Lukas ist halt mein bester Freund. Da macht man so was«, erwiderte ich noch, bevor wir uns mit einer Umarmung verabschiedeten und ich nach Hause fuhr.

Ich hatte keine Ahnung, warum das mit Ayleen so schwerfällig anlief. Sonst war es nicht so schwierig. Vielleicht lag es daran, dass sie eines der beliebtesten Mädels der Schule war. Jeder Schritt von uns wurde kommentiert.

Fast hätte ich meine Haltestelle verpasst. Hätte nicht ein Auto gehupt, wäre ich bis zur Endstation gefahren. Aber sobald ich ausgestiegen war, rasselte mein Gedankenkarussell weiter.

Wahrscheinlich lag es an mir, denn ich war es einfach nicht gewohnt, so beobachtet zu werden. Vor allem die Beachtung anderer Mädchen in der Schule ging mir fast schon zu weit. Seit einer Woche fragte mich pro Tag mindestens einmal eines, ob Ayleen und ich jetzt zusammen waren und wenn nicht, ob ich vielleicht mit ihr ausgehen würde.

Am Samstag würde ich mit Ayleen zur nächsten Party gehen, ich musste sie nur noch fragen. Dann hörte das Gerede hoffentlich auf und ich hatte meine Ruhe. Konnte mich auf Ayleen konzentrieren und sie endlich kennenlernen.

Zu Hause im Bett öffnete ich den Chat mit Bennie und las ihn durch. Ich konnte mir nicht verkneifen noch etwas zu schreiben.

Ich:
Hab's überlebt und
bin heile zu Hause angekommen.
Bis morgen.

Leider kam keine Reaktion mehr.

Kapitel 4

Am nächsten Morgen checkte ich nach dem Aufwachen als erstes mein Handy, aber ich hatte noch keine Nachricht von Bennie. Stattdessen hatte Ayleen mir geschrieben. Die aufkeimende Enttäuschung schob ich beiseite und klickte auf die Message. Sie fand den Kinobesuch toll, obwohl ich mich zwischendurch um Lukas kümmern musste. Ich dankte ihr nur kurz für ihr Verständnis.

Ah, das Memo, Lukas einweihen. Nicht dass er sich verplapperte, wenn Ayleen ihn ansprechen sollte. Am liebsten wäre ich einfach liegen geblieben und hätte mich noch einmal gemütlich im Bett eingekuschelt, aber seufzend stand ich auf, die Schule wartete leider nicht auf mich.

In der Küche traf ich auf Lisa, die sich zwei Pausenbrote schmierte. Unsere Eltern waren bereits aus dem Haus und auf dem Weg zur Arbeit.

»Und, wie war der Abend mit Ayleen? Seid ihr jetzt endlich zusammen?«, fiel sie sofort mit der Tür ins Haus. Sie war nicht besser als alle anderen aus meiner Schule, zudem hatten kleine Schwestern als Zweitnamen ‚Neugierig‘.

»Dir auch einen guten Morgen«, entgegnete ich sarkastisch, bevor ich auf ihre Frage antwortete. »Nein, sind wir nicht. Es war einfach nur ein Kinobesuch. Können wir jetzt von etwas anderem reden? Der Bus fährt gleich ohne uns los. Komm jetzt«, knurrte ich missgelaunt, schnappte mir zwei Äpfel und eine Banane von der Anrichte und marschierte zur Haustür. Meinen Rucksack hatte ich gar nicht erst abgesetzt, als ich in die Küche kam.

An der Schule angekommen, kam Ayleen mit schnellen Schritten auf Lukas und mich zu.

»Guten Morgen«, flötete sie uns entgegen.

»Denk dran, wir haben gestern geschrieben. Du hattest ein Problem, über das du nicht öffentlich reden willst«, raunte ich Lukas noch einmal zu. Bisher hatte ich ihm nicht verraten, mit wem ich gechattet hatte. Mir kam seine alltägliche morgendliche Müdigkeit zugute, die sein Gehirn meistens etwas später klarer denken ließ.

»Alles klar.«

Wir wünschten Ayleen einen guten Morgen, als sie vor uns stehenblieb. Mit einem mitleidigen Blick sah sie Lukas an.

»Alles wieder in Ordnung bei dir? Muss ja echt schlimm gewesen«, sagte sie zu ihm. Sie strich ihm mitfühlend über den Oberarm und ich sah Lukas an, dass er sich das Lachen verkniff.

»Ähm, ja, aber ist wieder alles in Ordnung. Danke, dass ich ihn mir für die kurze Zeit borgen durfte.« Er trat beiseite, sodass Ayleen ihn nicht mehr berühren konnte, und verschwand in der Schule.

Ayleen hakte sich bei mir unter. Wer machte denn bitte so was? Ich war doch nicht ihre beste Freundin, jedoch entzog ich mich ihr auch nicht. Das würde nur wieder mit einem bösen Blick enden und darauf hatte ich heute Morgen echt keinen Nerv.

Ich hatte den Gedanken noch nicht zu Ende gedacht, als es mir selbst auffiel. Dafür, dass ich wollte, dass etwas zwischen uns lief, sah ich alles ziemlich negativ. Reiß dich gefälligst zusammen, ermahnte ich mich. Und entscheide dich endlich, ob du das willst. Immerhin ging sie heute das erste Mal mit mir in die Schule und ließ mich nicht einfach auf dem Gelände stehen. Ich beschloss, den Samstag abzuwarten und was auf der Party geschah. Sollte es da nicht besser werden, würde ich es beenden.

Zum Glück plapperte Ayleen über irgendwelche Dinge von ihren Freundinnen. Da fiel es gar nicht auf, dass ich gar nicht bei der Sache war und still neben ihr herlief.

Obwohl es der perfekte Zeitpunkt war, sie für Samstag einzuladen. Sie war endlich mal ohne ihren Schatten unterwegs. Unsanft unterbrach ich sie mitten im Satz, als wir durch den Eingangsflur gingen.

»Hör mal, hast du vielleicht Lust am Samstag mit mir zu Mathis Party zu gehen? Also nur du und ich?«

Ihr mürrischer Gesichtsausdruck, ob der Unterbrechung, änderte sich sofort in ein Strahlen.

»Natürlich, holst du mich ab? So um neun Uhr? Ich hab schon ein Kleid gekauft, das wird dir gefallen.« Ayleen legte mir eine Hand auf den Oberarm. Durch die offenen Türen betraten wir die große Pausenhalle im Gebäude und ich sah ihren Schatten auf uns zukommen. Als ihre beste Freundin uns erreicht hatte, blieben wir stehen.

»Hallo, ihr beiden«, begrüßte sie uns und reichte Ayleen

eine Mappe. Ich wollte gar nicht wissen, was darin war. Hoffentlich keine Hausaufgaben, die Karla für Ayleen gemacht hatte.

»Ich muss jetzt in meine Klasse.« Ayleen stellte sich auf die Zehenspitzen und gab mir einen Kuss auf die Wange. Unsicher schaute ich mich um, ob wir beobachtet wurden. Immerhin war noch die halbe Schule versammelt und stand in Gruppen zusammen. Doch anscheinend achtete ausnahmsweise mal niemand auf uns und ich atmete aus.

Bevor Ayleen ganz im Flur verschwand, drehte sie sich noch einmal um und winkte mir lächelnd zu. Automatisch hob ich meinen Arm und erwiderte es. Dann ließ ich meinen Blick durch die Halle gleiten, fand jedoch nicht das Gesicht, das ich suchte. Seufzend machte ich mich ebenfalls auf den Weg in die Klasse. Zwischendurch checkte ich ständig mein Handy, aber ich hatte immer noch keine Nachricht von Benny. Egal, immerhin hatte ich das Date mit Ayleen.

Allerdings so egal war es mir doch nicht. Andauernd sah ich während des Unterrichts heimlich auf mein Handy, wenn ich nicht gelangweilt auf meinem Block zeichnete. Gedankenverloren hätte ich fast Bennie und mich im Kino gezeichnet, konnte es aber noch rechtzeitig ändern und es entstand eine merkwürdig aussehende Ayleen. Hauptsache, es war nicht mehr Bennie zu erkennen. Als ich zum tausendsten Mal das Handy checkte, schaute Lukas komisch zu mir herüber.

Irgendwann beugte er sich zu mir und flüsterte mir zu: »Worauf wartest du eigentlich? Bekommst du eine Nachricht von Ariana Grande persönlich? Und überhaupt, mit wem hast du gestern geschrieben?« Wie gut, dass wir in der letzten Reihe saßen. Das Geflüster hätte sonst der Lehrer gehört.

»Sehr witzig. Ich warte auf nichts. Mir ist langweilig. Das versteht doch keiner, was der vorne labert«, flüsterte ich zurück. Lukas sah mich mit hochgezogenen Augenbrauen an.

»Hast du noch etwas am Laufen mit einer anderen? Warum sagst du es nicht einfach? Das würde zumindest erklären, warum es mit Ayleen nicht weitergeht.«

Also hatte er auch bemerkt, dass ich mit Ayleen auf der Stelle trat, was mich frustriert nur noch mehr zeichnen ließ. Ich schlug eine leere Seite auf und malte mit schnellen und aggressiven Handbewegungen einen Totenkopf, drumherum skizzierte ich grob Zombies. Übertrug meine Wut über die Situation in den Stift, der über das Papier kratzte.

Warum konnte ich ihm nicht einfach sagen, dass ich mit Bennie gechattet hatte? Es war doch nichts dabei. Nein, stattdessen redete ich mir ein, dass Lukas dann sauer sein könnte, weil ich gestern mit Bennie statt mit ihm geschrieben hatte. Wieso war das alles so kompliziert? Im Kindergarten war es doch noch so einfach gewesen.

»Ach mit niemand Wichtigem.« Hatte ich schon erwähnt, dass ich nicht überzeugend lügen kann laut seiner bescheidenen Meinung? Deswegen versuchte ich auch gar nicht erst, ihn dabei anzusehen, sondern kritzelte auf meinem Block herum, während ich sprach. »Jemand aus unserer Stufe wollte nur kurz etwas zu einem Unterrichtsfach wissen und da der Film so langweilig war, habe ich ihm geantwortet.«

Lukas wirkte nicht überzeugt.

»Aha«, meinte er auch nur und wandte sich wieder dem Unterricht zu. Ich warf ihm noch einen kurzen Blick zu, dann steckte ich mein Handy weg und ignorierte den Impuls, es wieder hervorzuholen.

Vielleicht hatte ich Bennie mit meinem letzten Satz auch genervt. Er hatte mir nur Unterstützung fürs Kino zugesagt und so lange kannten wir uns noch nicht. Gerade mal ein paar Tage. Ich suchte mir die Leute schließlich auch aus, denen ich antwortete. Seufzend legte ich den Stift beiseite und verschränkte die Hände hinterm Kopf, was mir nur wieder einen merkwürdigen Seitenblick von Lukas einbrachte. Die Lust am Zeichnen war mir vergangen. Immerhin schwieg Lukas und betrachtete nur den Totenkopf und die Zombies.

Aber schrieb man nicht wenigstens eine Kleinigkeit? Obwohl, nicht unbedingt, es war keine Frage. Nur eine Aussage, da musste man sich nicht zu äußern. Trotzdem sank meine Laune noch weiter auf den Nullpunkt, wenn das überhaupt möglich war, je mehr ich darüber nachdachte.

Die Pause ließ sich heute verdammt viel Zeit, aber irgendwann war sie da. Ich musste so dringend auf Toilette, dass ich fast rannte und als ich in den Waschraum stürmte, stand Bennie am Waschbecken. Als er mich hinter sich im Spiegel entdeckte, zeichnete sich ein Lächeln auf seinen Lippen ab.

»Es freut mich sehr, dass du überlebt hast und weiterhin so quietschlebendig bist«, sagte er und hielt meinen Blick im Spiegel fest. Ich war auf die Begegnung nicht vorbereitet und stutzte kurz. Für einen Moment war mein Kopf leer und mein Herz setzte einen Schlag aus.

»Äh, danke«, stammelte ich, bis ich mich besann und meine Denkmaschine sich wieder neustartete. »Tut mir leid, wenn ich dich genervt habe.«

»Du hast nicht genervt.« Er stellte den Wasserhahn aus, griff sich ein Papierhandtuch und drehte sich zu mir um. »Ich habe mich gefreut, zu hören, dass Ayleen dich nicht in Stücke gerissen hat.« Ich schluckte, mein Mund war staubtrocken und ich hätte alles für einen Tropfen Wasser gegeben. Mein vermaledeites Herz traute sich sogar, einen kleinen Hüpfer zu vollführen, nachdem es eben noch stehen bleiben wollte.

»Ich hätte dir auch gerne früher geantwortet, aber ich habe es erst heute Morgen gesehen. Dann hat mein Akku während des Schreibens aufgegeben und das Handy ist jetzt zu Hause laden«, sprach Bennie weiter und warf das Papierhandtuch in den Mülleimer.

Akku leer. Darauf war ich nicht gekommen und erleichtert atmete ich auf. Stattdessen hatte ich mir tausend andere Möglichkeiten ausgemalt. Ich sollte das Denken einstellen.

»Klar, kein Problem. War ja jetzt auch nicht so, dass du darauf hättest antworten müssen.« Ich hoffte sehr, es klang so cool und lässig, wie ich beabsichtigt hatte.

»Steht unser Kinodate morgen noch?«, wechselte Bennie das Thema, der sich an das Waschbecken hinter ihm angelehnt hatte, während ich noch immer wie festgewachsen vor den Toiletten mitten im Raum stand. »Sieben Uhr vor dem Kino?«, fragte er.

»Ich bin da und erkläre mich bereit Popcorn, Nachos und Cola zu sponsern, weil du den Eintritt zahlst.« Er wollte noch immer mit mir ins Kino gehen. Dieser Gedanke füllte mich vollkommen aus und ein freudiges Kribbeln machte sich in meinem Bauch breit. Da waren die Worte eben schneller raus, als ich denken konnte.

»Deal. Bis morgen. Freue mich.« Bennie ging lächelnd an mir vorbei und verließ die Toilette. Meine drückende Blase erinnerte mich daran, warum ich überhaupt die Räumlichkeiten aufgesucht hatte. Jetzt musste ich wirklich ganz dringend.

Pfeifend und mit sichtlich besserer Laune stieß ich zu den Jungs im Pausenhof. Irritiert schaute Lukas mich an.

»Sag mal, eben warst du noch der miesepetrigste Typ auf Gottes Erden und jetzt hast du die beste Laune überhaupt. Was ist nur mit dir los in letzter Zeit? Mit Ayleen kann das nichts zu tun haben, sonst hättest du schon heute Morgen gute Laune gehabt.«

Oh, Ayleen, die hatte ich völlig vergessen. Heißkalt lief es mir den Rücken hinunter und ich fühlte mich ertappt. Dabei hatte ich überhaupt nichts verbrochen.

»Äh, ich traf sie eben auf dem Flur und sie hat mir für Samstag zugesagt«, verdrehte ich die Wahrheit ein wenig und hoffte, Lukas würde es nicht auffallen. »Ich hatte sie heute Morgen gefragt, ob wir gemeinsam zu Mathis gehen.«

Lukas gab sich mit der Antwort zufrieden und sein Grinsen sagte alles. In dem Moment fiel es mir wie Schuppen von den Augen. Hatte Bennie Kinodate gesagt? Meinte er es so, wie ich vermutete? Kurz überfiel mich die Panik und ich musste mich daran erinnern zu atmen. Was würden die anderen denken, wenn sie es erfuhren? Dabei war es doch ganz normal, wenn zwei Freunde zusammen ins Kino gingen. Machte ich mit Lukas auch. Trotzdem hatte es einen anderen Klang, als Bennie es ausgesprochen hatte.

Ein Date?

So eines, wie ich mit Ayleen gestern hatte? Ich hatte es auch noch bestätigt. Was dachte er jetzt bloß von mir?

Ich stockte in meinen Gedanken, musste Ruhe in meinen Kopf bekommen. Quatsch, wir hatten kein Date, waren nur zwei Freunde, die gemeinsam ins Kino gingen. Das war bestimmt ein Scherz von ihm. Garantiert. Mein Blick fiel auf

Bennie, der wieder mit einem Buch in der Hand an der Außenwand der Schule lehnte und las.

Ein Kinodate. Mit Bennie. Wo war ich hier nur reingeraten?

Kapitel 5

D er nächste Schultag wollte überhaupt nicht vergehen und zog sich in die Länge. Fünf Minuten fühlten sich wie eine Stunde an. Ich konnte es gar nicht abwarten, endlich nach Hause zu kommen. Dort angekommen, fing ich direkt an zu überlegen, was ich abends anziehen sollte. Ich räumte meinen halben Kleiderschrank aus, auf der Suche nach dem passenden Outfit. Auf jeden Fall die blaue, verwaschene Jeans. In der sah ich immer gut aus, aber welches Shirt? Mist, ich musste Lisa fragen, die hatte ein Händchen dafür.

»Lisa, komm mal«, rief ich in den Flur. Sofort hörte ich sie schimpfen, ob sie nicht einmal ihre Ruhe haben könnte. Darauf konnte ich nur lachen. Wer nervte hier immer mit ständigen Nachfragen?

»Was ist denn schon wieder?« Sie kam in mein Zimmer gepoltert. Dort sah es aus, als hätte eine Bombe eingeschlagen. Überall lagen meine besten Shirts verteilt auf dem Bett, Schreibtisch und dem Stuhl. Sie riss die Augen auf.

»Du hast gar nicht erzählt, dass du heute wieder ein Date mit Ayleen hast.«

»Wieso Ayleen? Wer hat gesagt, dass ich ein Date mit Ayleen habe?«, fragte ich verwirrt, während ich das T-Shirt, das ich in der Hand hielt, ausschloss. Es landete auf dem Stuhl.

»Keiner, aber anscheinend überlegst du gerade, was du anziehen willst und da dachte ich komischerweise, du hast ein Date mit Ayleen.« Sie blickte mich prüfend an, während ich nur in Jeans und Socken bekleidet vor ihr stand. »Also, wenn sie es nicht ist, wer dann? Kenne ich die Unbekannte?«

Endlich fiel auch bei mir der Groschen und ich hielt den Atem an, mein Puls beschleunigte sich und mir wurde heiß. Wie redete ich mich da nur wieder raus? Oh mein Gott, ich machte bei Bennie einen Riesenaufstand und bei Ayleen war es mir egal, wie ich aussah. Ich musste unbedingt mit mir selbst ins Gericht gehen. Immerhin war es nur Bennie und wir kannten uns kaum. In meinem Hinterkopf schwirrte wieder dieses eine kleine Wort herum. Date. Ich stolperte über meinen Rucksack, den ich vorhin achtlos mitten im Raum fallen gelassen hatte, konnte mich aber gerade noch so abfangen. Das fehlte mir nun auch noch, dass ich mir einen Arm oder so breche, nur weil ich Lisa Platz machen wollte.

»Zieh das hier an. Das passt gut zu der Jeans und diese Sneaker«, riss mich Lisa aus meinen Gedanken. »Also, wer ist sie? Kenne ich sie?«

Jetzt war es an mir mürrisch zu sein. Warum musste sie aber auch alles hinterfragen und so schrecklich neugierig sein?

»Das geht dich nichts an.« Ich nahm ihr das Shirt ab, zog es an und schlüpfte in die Schuhe. »Danke dir«, schob ich noch hinterher. Sie stellte sich mit überkreuzten Armen an den Schrank und beobachtete mich, wie ich meine Schlüssel, mein Portemonnaie und das Handy in meinem Chaos zusammensuchte und es dadurch nur verschlimmerte. Ein letztes Mal kontrollierte ich meine Nachrichten, ob auch keine Absage von Bennie gekommen war. Schon in der Tür drehte ich mich noch einmal um, weil ich fast vergessen hatte, mich von Lisa zu verabschieden.

»Bis später. Ich muss los. Sag Mama und Papa, dass ich im Kino bin und nicht weiß wann ich nach Hause komme.«

Es war gerade mal sechs Uhr und ich würde bestimmt eine halbe Stunde zu früh da sein. Aber das war mir egal. Lieber zu früh, als zu spät.

Am Kino angekommen, setzte ich mich gegenüber auf eine Bank und hatte alles gut im Blick. Je näher der Minutenzeiger der zwölf entgegenging, desto hibbeliger wurde ich. Ertappte mich dabei, wie ich mir Themen für Gespräche überlegte, falls peinliche Pausen entstehen sollten, völlig entgegen meiner sonstigen Art.

Und dann sah ich ihn. Er kam um die Ecke und mein Herz machte einen Hüpfer. Genauso wie gestern auf der Toilette. Verdammt Körper, spinnst du? Das war nur Bennie.

Er kam eine Viertelstunde zu früh. Ich blieb noch sitzen, um ihn zu beobachten. Er stellte sich neben den Eingang. Die Finger seiner linken Hand tippten in einem schnellen Rhythmus gegen sein Bein, in der rechten hielt er sein Handy, auf das er ständig schaute.

Hatte er etwa Angst, ich würde im letzten Moment kneifen? Nichts da. Ich bekam nicht alle Tage einen Kinobesuch ausgegeben. Zugegebenermaßen hatte ich mir den erschlichen, aber egal. Ich grinste, als er das nächste Mal auf sein Handy sah. War ich also nicht allein so unsicher. Sogar ein immer selbstsicher wirkender Bennie war es nicht, was mich ein wenig ruhiger werden ließ. Trotzdem konnte ich dieses vorfreudige Kribbeln im Bauch nicht unterdrücken. Dieses Gefühl, wenn man genau weiß, es passierte etwas, aber man nicht weiß, was. Diese Ungeduld, bis es endlich losging.

Er blickte suchend nach links und rechts. Ich schmunzelte. Endlich entdeckte er mich auf der Bank ihm gegenüber auf der anderen Straßenseite. Ein breites Lächeln erschien auf seinem Gesicht und er winkte mir zu. Ich stand auf und ging zu ihm hinüber. Täuschte ich mich oder waren meine Handflächen feucht? Zur Sicherheit wischte ich noch einmal schnell über meine Hose.

»Hey«, begrüßte ich ihn wieder total originell.

»Hey«, erwiderte er. »Wie lange sitzt du da schon?«

»Lange genug, um zu beobachten, dass du anscheinend auf eine Nachricht wartest.« Wenn ich mich auf etwas verlassen konnte, dann meistens, dass ich bei Nervosität erst redete und dann dachte. Meistens konnte ich in diesen Augenblicken recht schlagfertig und mutig sein.

»Ich wollte sichergehen, dass du nicht doch noch absagst.«

»Und einen gesponserten Kinobesuch sausen lassen?« Mit gespielter Empörung ging ich voran. »Forget it. Wollen wir reingehen?« Er folgte mir lachend. Was für ein schönes Lachen. Mir lief ein warmer Schauer über den Rücken und ich hätte es ewig hören können. Ich drehte mich zu ihm, um ihm beim Lachen zu beobachten. Schon seinen ersten Lachanfall hatte ich bemerkenswert gefunden. Bennie lachte mit dem ganzen Körper, legte den Kopf leicht in den Nacken und schloss fast komplett seine Augen dabei. Vor allem bot es mir die Möglichkeit, ihn ungeniert betrachten zu können, ohne dabei creepy zu wirken.

Erneut quatschten wir über Gott und die Welt, während wir für die Karten und danach für die Snacks anstanden. Warum hatte ich mir nur Gedanken darüber gemacht, dass uns der Gesprächsstoff ausgehen würde? Es war so einfach, so leicht mit ihm zu reden. Schon wieder hatte ich eine Skizze vor Augen mit Bennie und mir, wie wir über den Boden einer Wiese schwebten und dabei keinen Grashalm umknickten.

Wir konnten perfekte Plätze hinten mittig im Kinosaal ergattern. Hoffentlich ruinierte ich das nicht. Ich konnte selten länger als eine halbe Stunde still sitzen, dann brach in mir die Unruhe aus und ich musste mich bewegen. Einfach nur da zu sitzen und einen Film zu sehen, war eine Herausforderung für mich. Meistens gelang es mir nur, wenn ich zeichnete. Dann konnte ich sogar zwei Stunden dasitzen und war nur auf das Blatt vor mir konzentriert.

So sehr ich versuchte, heute mal nicht zu zappeln, es gelang mir nicht. Plötzlich stieß mein Knie an Bennies und ein Blitz strahlte von dort durch meinen ganzen Körper. Ich hielt die Luft an, wartete, dass er mich zurechtwies oder schlimmer, aufstehen und das Kino verlassen würde.

Aber nichts dergleichen geschah und ich ließ wieder Luft in meine Lungen. Ich traute mich nicht, zu ihm zu sehen, sondern blickte nur starr nach vorne auf die Leinwand, wo inzwischen der Hauptfilm lief. Doch meine Konzentration darauf war verschwunden. Ich registrierte zwar, dass die Bilder sich bewegten, aber meine Aufmerksamkeit war voll auf Bennie gerichtet. Mein Knie lag noch immer an seinem. Er hatte es nicht zurückgezogen und verdammt noch eins, es war so herrlich. Warm, aber nicht schwitzig. Wie fühlte sich seine Haut unter dem Stoff wohl an? Rau oder eher weich?

Stopp, stopp, stopp. Nicht weiter denken. Micha, hör auf! Das geht zu weit. Du bist nur mit einem Freund hier. Da dachte man nicht über solche Dinge nach.

Überleg dir lieber, ob es nicht merkwürdig war, wie wir hier saßen. Sollte ich mein Bein vielleicht doch wieder wegnehmen? So was machte man doch eigentlich nicht. Aber er beließ seines auch an Ort und Stelle.

Ich legte meine Hände auf den Armlehnen ab, grub die Daumen in den Stoff und versuchte, mich so abzulenken. Da durchfuhr mich der nächste Stromschlag. Gefolgt von einem Kribbeln. Ich wagte einen Blick auf meine Hand, ohne den Kopf allzu sehr zu bewegen.

Bennie hatte seinen kleinen Finger mit meinem verhakt. Oh Shit, war das ein geniales Gefühl, obwohl es doch nur sein verdammter kleiner Finger war. Ich war mir seiner körperlichen Nähe auf einmal so bewusst, die warme und weiche Haut, die auf meiner lag. Wie fühlte sich erst die ganze Hand an? Ich drehte meine Hand in seine und verschränkte unsere Finger miteinander.

Mein Herz schlug mir bis zum Hals. Hoffentlich hörte das keiner. Bennies warme Haut an meiner überzog mich mit einer Gänsehaut. Sachte drückte er meine Hand.

So saßen wir also im Kino, Händchen haltend, Knie aneinander gelehnt und schauten beide den Film. Es durfte mich nur keiner fragen, was in dem Streifen passiert war, denn das rückte komplett in den Hintergrund. Meine Gefühle überrannten mich. Es überrumpelte mich gerade alles und ich war völlig überfordert. Ich schluckte und blickte starr nach vorne. Verdammt, das war doch nur Bennie und nicht Ayleen neben mir. Das müsste ich bei Ayleen haben, nicht bei ihm.

Trotz des Chaos in mir kam das Ende des Films viel zu schnell. Meinetwegen hätten wir noch Stunden so sitzen können. Als wir den Kinosaal verließen, waren wir die Letzten, da wir die Situation bis zum bitteren Ende des Abspanns auskosteten. Ich schob meine Hände in die Hosentaschen und trottete hinter Bennie her. Versuchte, das eben erlebte in eine Schublade zu stecken, auf der stand: Freunde. Doch sogar mir war klar, dass ,nur Freunde' so was nicht machten.

»Hast du noch Lust mit mir etwas zu trinken? Hier um die Ecke ist eine kleine gemütliche Bar«, fragte Bennie, als wir vor dem Kino standen.

Wollte ich das? Ja, absolut. Mein Körper verriet mich schon den gesamten Abend. Mein Kopf sagte, geh nach Hause und in meinem Bauch waren die Schmetterlinge der Meinung aufgeregt durcheinander schwirren zu müssen.

Was war hier nur los? Ich stand doch auf Mädchen und nicht Jungs und trotzdem begriff ich in diesem Moment, dass ich dabei war, mich in Bennie zu verlieben. Wollte es nur nicht wahrhaben. Bei uns in der Schule verliebten sich keine Jungs in Jungs. Was sollte ich bloß machen? Ich kam nicht damit klar, dass ich dieses unglaublich tolle Gefühl bei Bennie hatte.

»Micha? Hast du Lust?«, fragte er noch einmal, da ich nicht antwortete, sondern nur auf meiner Unterlippe herum kaute. Ich war so was von verwirrt. Bennie beobachtete mich immer noch. Ja oder nein? Ja oder nein?

»Ja, lass uns gehen.« Ich hätte Nein sagen und einen klaren Kopf bekommen sollen. Verdammt, was machte ich nur hier? Aber ich wollte Zeit mit Bennie verbringen, an seiner Seite laufen und ihn nicht mehr gehen lassen. Meine Unterlippe war bestimmt schon kaputt, so wie ich auf ihr herumbiss. Augen zu und durch. Vielleicht beruhigte mein Körper sich auch im Laufe des restlichen Abends und sorgte nicht dafür, dass ich fast abhob. Konnten einem Menschen eigentlich Flügel wachsen?

Er lächelte und deutete mit dem Kopf nach rechts. Dann ging er los und ich folgte ihm. Wir sprachen kein Wort, bis wir in der Bar waren und uns in die hinterste Ecke verkrümelten. Bennie bestellte für uns je ein Bier.

Wurde es jetzt peinlich, nachdem was im Kino passiert war?

»Hör zu Micha, du musst dich zu nichts verpflichtet fühlen. Ich fand es bisher sehr schön und ich mag dich wirklich sehr, aber ich kann verstehen, wenn du nicht möchtest«, durchbrach er die Stille zwischen uns.

Oh Mann, diese Stimme. Dieser Typ. Im selben Moment klickte es bei mir. Es war wirklich für Bennie ein Date gewesen. Er hatte es ernst gemeint in der Schule. Shit, waren die Gerüchte wirklich wahr? Stand Bennie auf Jungs? Ich hatte bisher noch nicht erlebt, wie er andere Jungs scannte. Immerhin wusste ich, wie es aussah, wenn meine Freunde die Mädels ziemlich unverhohlen anstarrten. Ich musste das klarstellen. Das kam für mich überhaupt nicht infrage. Ich konnte nichts mit Jungs anfangen.

»Also, ich, tja, bin ein wenig … verwirrt?«, stammelte ich. Zerknirscht sah ich ihn an. »Ich meine, ich habe noch nie mit einem Jungen Händchen gehalten oder etwas anderes in dieser Richtung gemacht. Ich, ähm …« Ich drehte die Tischdecke an meiner Stelle auf und wieder ab, konnte Bennie nicht in die Augen sehen. »Ich weiß ehrlich gesagt nicht … also, können wir nicht einfach befreundet sein?«

Ich wurde zum Ende hin immer leiser und hatte Angst, ihm wehzutun. Immerhin kam es nicht oft vor, dass ein Junge mir sagte, dass er mich mochte und ich ihm eine Abfuhr erteilte. Aber ich konnte nicht weitergehen als bis zur Freundschaft. Musste daran denken, was die Jungs aus meiner Mannschaft sagen würden. Sie würden mich glatt hochkant aus dem Verein werfen. Oder die Mitschüler. Ich bekam doch mit, wie sie über die Jungs sprachen, die schwul waren.

An dieser Stelle stoppte mein Gedankengang. Moment mal, ich war gar nicht schwul und doch saß ich hier mit Bennie und sprach mit ihm über, ja, worüber eigentlich? Darüber, dass er mich mochte und ich wusste, dass ich dasselbe empfand, es aber nicht zugeben konnte.

»Wie ich schon sagte, es ist okay. Wir sprechen einfach nicht mehr darüber«, sagte er ruhig und freundlich. Dann hielt er inne, da der Kellner mit unseren Getränken kam und sie vor uns hinstellte. War er auf eine Abfuhr eingestellt? Denn nichts anderes hatte er eben doch von mir bekommen. Erst als wir wieder alleine waren, sprach er weiter. »Wie ich bereits neulich schrieb, ich hab noch nie was Ernsthaftes gehabt und denke auch nicht, dass ich dafür zurzeit geschaffen bin.«

Bitte was? Wir sprachen über eine Beziehung? Ruckartig schoss mein Puls wieder in die Höhe und es war bestimmt sichtbar.

Nein, nein, nein.

Ich wollte mit Ayleen zusammen sein. Am Samstag würde ich mit ihr zu einer Party gehen. Dann fing ich endlich etwas mit ihr an und alles wäre geregelt. Hastig griff ich nach meinem Glas und trank einen Schluck. Etwas zu heftig, denn ich verschluckte mich und hustete.

53

»Okay, das ist gut«, brachte ich irgendwann atemlos hervor und als ob ich mich rechtfertigen müsste, fügte ich an: »Ich mag nämlich Ayleen. Ich weiß nicht, was da eben im Kino in mich gefahren ist.«

Bennie griff nach seinem Glas, wir prosteten uns zu und tranken. Das gab mir Zeit, um mein Herz wieder auf Normalgeschwindigkeit herunterzufahren, wenn ich nicht wollte, dass Bennie noch einen Rettungswagen rufen musste.

»Bist du schwul, ich meine, stehst du auf Jungs?«, platzte ich unvermittelt heraus und schalt mich im nächsten Moment. So etwas fragte man doch nicht so einfach. Bennie blickte mich eine gefühlte Ewigkeit an, bevor er antwortete.

»Ja. Ich hänge es nicht an die große Glocke, aber ich verheimliche es auch nicht.«

Mit großen Augen sah ich ihn an. Es war für ihn absolut kein Problem, darüber zu reden.

»Die Mädels in der Schule sind völlig verrückt nach dir«, sagte ich aus dem Zusammenhang gerissen. Garantiert war es ihm selbst bewusst. Selbst ihm dürften die Blicke in der Pause und das Getuschel beim Sport nicht entgangen sein. Aber das war ihm höchstwahrscheinlich egal. »Jede hofft, dass du dich mal nach ihr umdrehst und nach einem Date fragst. Sie finden dich alle total heiß.« Bennie grinste dazu. Zumindest bekam ich es bei mir in der Klasse mit, dass die Mädels gerne ein Date mit ihm hätten.

»Ich wusste es nicht, also dass du schwul bist.«

»Natürlich nicht. Ich renne auch nicht durch die Schule und erzähle jedem ‚Hey ich bin schwul und du?' Die Heteros laufen ja auch nicht durch die Gegend und rufen jedem entgegen ‚Hey, ich bin eine Hete und du?'.«

Er brachte das so trocken raus, dass ich laut lachte und Bennie fiel mit ein.

»Wissen deine Eltern Bescheid oder deine Mitspieler im Verein?«

»Die wissen alle Bescheid. Es ist schwierig auf einer Mannschaftsfahrt zu verheimlichen, wenn ich offen mit einem Typen flirte.«

»Ist das denn kein Problem für dich?«

»Warum sollte es eines sein? Ich bin, wie ich bin. Jeder ist so, wie er ist. Das hat man zu akzeptieren.« Er schob sein Glas von einer in die andere Hand.

Ich war völlig geflasht. Er war sich seiner so absolut sicher. Ohne Wenn und Aber. Ich wusste noch sehr genau, was ich im Kino gefühlt hatte und wollte es wieder haben. Ertappte mich bei dem Wunsch, herauszufinden, wie es war, Bennie zu küssen. Allein bei dem Gedanken schlug mein Bauch Purzelbäume, der elendige Verräter. Ich versuchte, das zu verdrängen, trotzdem tauchte in meinem Kopf das Bild von Bennie und mir auf, wie wir irgendwo saßen und uns küssten. Wie sich seine Lippen wohl anfühlten? Zart? Gaben sie nach? Hätte meine Hand jetzt einen Stift gehalten, sie hätte ein absolut tolles Bild aufs Papier gebracht. Es war so klar in meinem Kopf, wie ich es selten erlebt hatte.

Abrupt stand ich auf. Ich musste gehen. Heute war ich eindeutig nicht bei Verstand. Das war definitiv nicht ich, der hier saß und unglaublich gerne mit den Mädchen, mit denen er zusammen war, schlief. Der es bis vor Kurzem nicht erwarten konnte, Ayleen zu küssen.

Bennie blickte überrascht zu mir auf und erhob sich.

»Der Abend mit dir war schön und es wäre toll, wenn du

für dich behalten könntest, was im Kino war, aber ich muss jetzt gehen. Ich … keine Ahnung, was mit mir los ist. Ich … wir sehen uns morgen in der Schule.« Ich fuhr mir durch die Haare. So konnte ich unmöglich gehen. »Freunde?«, schob ich daher hinterher, streckte Bennie die Hand hin und er ergriff sie. Mit seinem Daumen streichelte er federleicht über meinen Handrücken, kaum fühlbar und trotzdem löste es eine Gänsehaut aus und hinterließ ein wahnsinniges Kribbeln auf meiner Haut.

Ich schloss die Augen und schluckte trocken. Das konnte doch nicht wahr sein. Die Schmetterlinge spielten wieder verrückt und ich wusste nicht, was das war.

Doch ich wusste es, aber es durfte nicht sein. Was würde Lukas sagen, oder Gott bewahre, meine Eltern? Ich wusste nicht, wie sie darüber dachten. Wir hatten nie über das Thema gleichgeschlechtliche Liebe gesprochen.

»Freunde«, antwortete Bennie mit einem Lächeln. Dann ließ er meine Hand los und sie fühlte sich sofort kalt an. Blöder Körper. Warum verrätst du mich den ganzen Abend schon? Ich drehte mich um, eilte zur Bushaltestelle und fuhr mit dem Bus nach Hause. Wollte nur noch schlafen.

Allerdings hatte ich die Rechnung ohne Lisa gemacht. Sie wartete in meinem Zimmer auf dem Bett lesend auf mich. Das hatte mir noch gefehlt.

Mein Gefühlschaos schien mir ins Gesicht geschrieben zu sein, denn Lisa hielt sich nicht lange mit Höflichkeiten auf, sondern fiel, wie gewöhnlich direkt mit der Tür ins Haus.

»Der Abend war eine Wucht. Jetzt weißt du nicht, wen du lieber magst, oder? Die große Unbekannte oder Ayleen.« Aufgeregt hüpfte sie auf meinem Bett auf und ab, wobei ihr das Buch aus der Hand auf den Boden fiel. »Nimm die große Unbekannte. Sie scheint dich so beeindruckt zu haben, dass du dir Gedanken über dein Äußeres machst und völlig weggetreten nach Hause kommst.«

Verdammt kannte sie mich gut. Das war unheimlich. Da half nur in die Offensive gehen.

»Lass mich in Ruhe, Lisa. Ich bin müde. Raus aus meinem Zimmer.« Ich hielt ihr die Tür auf und wartete, bis sie endlich gegangen war.

Als sie auf meiner Höhe war, sagte sie nur: »Ich habe recht, Bruderherz. Es hat dich voll erwischt. Die große Unbekannte ist dein Jackpot.«

Nachdem die Tür geschlossen war, zog ich mich aus, schlich ins Bad zum Zähneputzen und wieder zurück und legte mich ins Bett. Aber von Müdigkeit war nichts zu spüren. Ich fand überhaupt nicht in den Schlaf. Meine Gedanken kreisten unaufhörlich. Ich setzte mir Kopfhörer auf und hörte Nirvana, in der Hoffnung irgendwann einzuschlafen und das Karussell in meinem Kopf so zu stoppen.

Kapitel 6

Der Freitag plätscherte so dahin. Ich war unglaublich müde, da ich die Nacht wenig geschlafen hatte und Ayleen plapperte in den Pausen ohne Punkt und Komma auf mich ein. Ich konnte nicht sagen, worüber sie sprach, da ich viel zu sehr darauf konzentriert war, nicht nach Bennie Ausschau zu halten.

Ihr Schatten war natürlich ständig an ihrer Seite. Ob sie in Zukunft auch immer neben uns stehen würde, egal was wir machten? Knutschen auf der Couch, Sex haben, uns gegenseitig irgendwelche Dinge erzählen? Ich weiß, das war jetzt ein wenig gemein Klara gegenüber. Aber hallo? Hatte sie kein eigenes Leben, keine eigene Meinung?

Trotz meiner Versuche, nicht nach Bennie zu schauen, war er überall. Ich freute mich noch nie so sehr auf die Schulstunden wie heute. Da hatte ich wenigstens meine Ruhe und sehnte das Wochenende herbei. Ich war mir sicher, dass Bennie nicht bei Mathis Party sein würde. Er erwähnte ein wichtiges Spiel am Sonntag. Unseres fiel leider aus, da der Schiedsrichter krank geworden war und man keinen Ersatz finden konnte.

Dann war er endlich da, der Samstagabend. Ayleen und ich hatten uns vor der Party bei ihr verabredet, um Zeit alleine zu haben. Zumindest hoffte ich es und dass ihr Schatten nicht da sein würde.

Bei ihr angekommen, wurde ich ihren Eltern vorgestellt, bevor wir auf ihr Zimmer gingen. Ich fand es immer merkwürdig, wenn ich das erste Mal auf die Eltern traf. Es wirkte so gezwungen, keiner wusste, worüber man reden sollte. Und so sehr Eltern auch versuchten, die Musterung des Freundes ihrer Tochter unauffällig zu machen, misslang es ihnen. Sie waren nett und freundlich, keine Frage. Aber was für ein Glück, dass wir schon nach fünf Minuten auf ihr Zimmer gehen konnten und so längeren peinlichen Pausen aus dem Weg gingen.

Ayleens Zimmer war ein typisches Mädchenzimmer. Viele Plüschtiere und Poster von Boygroups an den Wänden. Rosa Bettwäsche. Ich suchte noch nach Hello Kitty.

Wir setzten uns auf ihr Bett und unterhielten uns über die Schule, Klassenkameraden und was uns auf der Party erwartete. Sie rückte immer näher, ein Hasenplüschtier an sich gedrückt, dem die Ohren hin und her gedreht wurden. Es tat mir schon leid und ich wartete darauf, dass es laut aufschrie. Als Ayleen und ich uns fast berührten, hielt ich es nicht mehr aus und küsste sie. Mitten im Satz.

Es war ... gut. Ihre Lippen passten perfekt auf meine, waren sanft und warm. Aber es jagte mir keine Schauer über die Haut. War es deswegen schlechter?

Bennie hatte mich Donnerstag nur sachte berührt und ich hatte eine Gänsepelle.

Herrgottnocheins, hör auf zu denken und genieß gefälligst die Situation, rief ich mir in Gedanken zu. Aber ich konnte es nicht lassen meine Augen zu öffnen und zu sehen, was Ayleen machte. Im Gegensatz zu mir hatte sie ihre geschlossen.

Als ich mich wieder von ihr löste, schaute sie mich verdutzt an und mich beschlich ein schlechtes Gewissen.

»War es nicht in Ordnung? Ich hätte nicht einfach …«, sagte ich leise und blickte ihr in die Augen. Wollte wissen, wie sie reagierte. »Willst du nur flirten und nicht mehr?«

»Nein, das ist schon in Ordnung.« Sie legte den Plüschhasen an die Seite und strich ihre Bettdecke neben sich glatt. »Ich habe nur nicht so abrupt damit gerechnet. Ich meine, ich war mitten im Satz und dann küsst du mich einfach. Keine Umarmung vorher, kein vorsichtiges Annähern. Ich war einfach überrumpelt.«

»Soll ich in Zukunft vorher ankündigen, wenn ich dich küssen will?«, hakte ich nach und kaute auf meiner Unterlippe herum. Ich war mir nicht sicher, ob ein kleiner genervter Unterton in meiner Stimme mitschwang. Hoffentlich nicht. Ich hätte sie vorwarnen sollen, wollte andererseits aber nicht darüber diskutieren, wie wir zum Küssen kamen, sondern es einfach machen.

Und dabei vergessen, was mit Bennie geschehen war.

»Nein. Aber irgendwie habe ich mir unseren ersten Kuss romantischer vorgestellt.«

Romantisch. Hätte ich Rosenblätter regnen lassen sollen?

Na gut, das war jetzt nicht fair, ermahnte ich mich. Du konntest es besser, Michael, also mach es auch.

Ich stand auf, ging zu ihrer CD Sammlung und suchte ein langsames Lied raus. Rockballaden, das klang doch schon mal nicht schlecht. Ich legte sie auf und Bon Jovis *Bed of Roses* erklang.

Ich sah ihr an, dass ich schon mal das richtige Lied hatte. Dann setzte ich mich wieder zu ihr auf das Bett und streichelte mit einem Finger über ihre Wange. Meine Hand legte ich auf ihren Hinterkopf und lehnte mich näher an Ayleen. Gleichzeitig zog ich sie zu mir und küsste sie noch einmal. Erst sehr vorsichtig, dann wurde der Kuss intensiver.

Als ich das Gefühl hatte, keine Luft mehr zu bekommen, löste ich den Kuss und öffnete die Augen. Eine völlig verzückte Ayleen saß neben mir. Sie strahlte mit der Sonne draußen um die Wette und hatte einen verträumten Anblick.

»Oh mein Gott«, flüsterte sie. Ehe ich mich versah, drückte sie mich aufs Bett, legte sich auf mich und küsste mich. Erstaunt stellte ich fest, dass sie schwerer war, als sie aussah.

Während wir rumknutschten, ratterte unaufhörlich meine Denkmaschine weiter. Ich konnte sie nicht abschalten, was untypisch war, denn normalerweise konnte ich mich auf nichts anderes konzentrieren. Aber ich suchte meinen Körper nach verräterischen Zeichen von Verliebtheit ab. Wo war das Herzklopfen? Die Gänsehautschauer? Die Schmetterlinge? Da war ein bisschen Aufruhr in meinem Bauch und Ayleen konnte verdammt gut küssen. Aber mehr fand ich nicht. Vielleicht kam das mit der Zeit? Mussten es denn immer gleich die ganz großen Gefühle sein?

Nach einer Weile machte ich Ayleen darauf aufmerksam, dass wir losmussten, wenn wir nicht zu spät kommen wollten. Sie nickte, stand auf, verschwand aus dem Zimmer und kam voll gestylt zurück. Ich hatte in der Zwischenzeit ebenfalls mein Shirt wieder zurechtgezogen und wir gingen los.

Mathis wohnte nicht weit von Ayleen entfernt, sodass wir zu Fuß, händchenhaltend und schweigend dorthin liefen. Waren wir jetzt ein Paar? Wir hatten es noch nicht geklärt. Änderten wir unseren Beziehungsstatus in den sozialen Medien? Diese Fragen waren immerhin dieselben wie sonst auch.

Kaum bei Mathis angekommen, stürmte die Schatten-beste-Freundin Karla auf uns zu.

»Ich suche Lukas. Kommst du mit?«, fragte ich Ayleen, als ihr Schatten bei uns ankam. Sie ließ meine Hand los.

»Nein, geh ruhig. Ich finde dich schon.« Sie gab mir einen schnellen Kuss, dann war ich entlassen. Ihr Schatten guckte grinsend zu.

In der Küche holte ich mir ein Bier aus dem Kühlschrank und machte mich auf die Suche nach meinen Kumpels. Auch hier erstreckte sich die Party vom Haus bis in den Garten. Ich grüßte alle möglichen Leute und unbewusst suchte ich ein bestimmtes Gesicht in der Menge. Fand es natürlich nicht, dafür entdeckte ich Lukas und die anderen im Garten.

Ich gesellte mich zu ihnen, wir begrüßten uns und stießen mit den Bieren an. Ich hatte mich so hingestellt, dass ich die Gartenpforte im Blick hatte. Leider kamen die meisten durch die Vordertür zur Party.

Nach einer Weile tauchte Ayleen an meiner Seite auf, natürlich mit Karla im Schlepptau und ergriff meine Hand. Lukas schaute mich mit einem fragenden Blick an und ich zuckte nur mit den Schultern.

»Hey, ist euch nicht zu kalt hier draußen?«, fragte Ayleen.

»Nö, geht doch noch«, antwortete ich, musterte sie aber,

ob sie fror. Sie hatte einen dicken Pulli an und ich ohnehin keine Jacke dabei. Dafür waren die Abende noch zu warm.

»Nein, aber ihr habt alle teilweise nur Shirts an.«

»Der Alkohol wärmt uns«, warf einer der Jungs ein und alle lachten.

»Na dann«, war ihr einziger Kommentar und sie unterhielt sich mit Karla über Dinge, bei denen ich nicht zuhörte.

Die Hoffnung, dass Bennie heute auch kam, hatte ich bereits aufgegeben. Die üblichen Verdächtigen waren da, aber ob noch jemand kam, konnte ich schwer sagen, da wir im Garten die Haustürklingel nicht hören konnten.

Je länger die Feier dauerte, desto angetrunkener wurden wir und die Lautstärke hatte zugenommen. Obwohl es dunkel und kühl geworden war, blieben wir draußen. Alles zusammengenommen sorgte wohl dafür, dass ich nicht mitbekam, als Bennie doch noch eintrudelte.

Mathis hatte sich ein Bier geholt und Bennie mitgebracht.

»Seht mal, wer völlig verloren im Wohnzimmer herumstand«, verkündete Mathis laut, als er mit Bennie zu uns trat. Die anderen Jungs begrüßten ihn lautstark. Verdammt, mein Magen schlug Purzelbäume und die Schmetterlinge setzten zu Kunstflugstücken an.

»Was ist?« Ayleen stupste mich an. Da erst bemerkte ich, dass ich Bennie anstarrte. Ich trank schnell einen Schluck aus meiner Flasche und konzentrierte mich auf Ayleen.

»Nichts, warum fragst du?«

»Du hast meine Hand losgelassen und nicht auf meine Frage geantwortet.«

Oh. Das war mir gar nicht aufgefallen. Schnell griff ich nach ihrer Hand und verschränkte unsere Finger miteinander.

Als ich den Blick hob, grinste Bennie mich an. Ich konnte nur darüber nachdenken, wie mein Herz raste, ich übers ganze Gesicht lächelte und meine Hände trotz der Kälte feucht wurden. Hoffentlich bemerkte Ayleen es nicht.

»Was hast du denn gefragt?«, fiel mir Ayleen wieder ein und ich riss mich von Bennies Anblick los, um ihr meine Aufmerksamkeit zu schenken.

»Ob du schon weißt, was du nach der Schule machen willst? Wir sprachen gerade darüber.« Sie deutete auf ein anderes Mädchen, das sich zu uns gesellt hatte.

»Äh, nein, keine Ahnung«, antwortete ich kurz und knapp. Ayleen schüttelte verständnislos den Kopf und redete auf mich ein. Obwohl ich sie ansah, drang kaum ein Wort zu mir vor. Aus den Augenwinkeln bemerkte ich allerdings, wie Lukas und Bennie sich unterhielten und immer mal wieder trafen sich unsere Blicke.

Irgendwann lichteten sich die Gäste und es war nur noch der harte Kern anwesend. Ich hatte schon länger nichts mehr getrunken, da ich mir nicht über den Weg traute. Am Ende sagte ich irgendetwas, das mich in den Abgrund riss. Das wollte ich auf keinen Fall riskieren, vor allem, da es endlich mit Ayleen zu laufen begann.

»Wollen wir los?«, fragte ich Ayleen, als sie ein Gähnen unterdrückte und mit einem Nicken zustimmte. Eine perfekte Ausrede, um aus Bennies Dunstkreis zu kommen und vielleicht wieder klardenken zu können. Ich hatte extrem darauf geachtet, kaum mit ihm zu sprechen. Ayleen und ich verabschiedeten uns und waren schon fast aus der Tür, als ich Bennies Stimme hinter uns hörte.

Die Freude in mir, dass er hinterhergekommen war, rang

mit der Angst, wie ich mich verhalten würde und Ayleen einen falschen Eindruck bekommen könnte.

»Wartet, ich komme mit euch«, rief er uns hinterher. In mir zog sich alles zusammen. Ayleen blieb stehen und da sie meine Hand hielt, konnte ich auch nicht weiter, ohne sie mitzuziehen. Ich blieb mit dem Rücken zu Bennie stehen und schloss kurz die Augen. Mit Bennie und Ayleen alleine losgehen? Aber es war nur ein Heimweg. Nicht mehr. Überhaupt nicht schlimm. Das schaffte ich schon. Ich öffnete die Augen und straffte die Schultern.

Bei Ayleen angekommen, verabschiedete ich mich standesgemäß mit einem Kuss von ihr. Ob Bennie wohl zuschaute, während er auf dem Bürgersteig stand und wartete? Oder war es ihm egal? Verdammt, ich sollte einfach aufhören, darüber nachzudenken und mir lieber über Ayleen und mir Gedanken machen.

Ich schätzte, dass wir jetzt ein Paar waren. Sie hatte den ganzen Abend meine Hand gehalten und war nicht von meiner Seite gewichen. Über das ganze Gesicht strahlend, stolperte sie durch die Tür ins Haus, winkte uns zu und versicherte, dass ihr nichts geschehen war. Dann schloss sie die Tür und Bennie und ich gingen schweigend weiter. Mittlerweile wusste ich, dass Bennie in meiner Nähe wohnte, er aber zur Schule eine andere Buslinie nutzte, die näher zu ihm lag. Deswegen war er mir auch noch nie im Bus begegnet.

»Taxi oder zu Fuß?«, fragte er. Zu Fuß brauchten wir bestimmt eine dreiviertel Stunde.

»Zu Fuß«, entschied ich. Eine Weile liefen wir weiter schweigend nebeneinander her. Ich genoss die Stille. Es waren weder Autos noch Fußgänger unterwegs.

»Seid ihr jetzt ein Paar?«, brach Bennie das Schweigen. War es ihm doch nicht egal, was er gesehen hatte oder war es einfach nur Neugierde? Überrascht stellte ich fest, wie mich die Angst vor seiner Reaktion beschlich, wenn ich die Frage beantwortete. Am meisten davor, dass es ihn eigentlich nicht interessierte. Ich konnte ihn nicht ansehen bei der Antwort und blickte starr weiter geradeaus. Am besten nichts mitbekommen.

»Ich weiß es nicht. Wir haben nicht drüber gesprochen. Aber ich glaube schon«, antwortete ich ihm.

Wieder Stille.

Ich schluckte und riskierte einen Seitenblick. Er sah auf den Boden. Hatte ihn meine Antwort vielleicht ein kleines bisschen enttäuscht?

Wie es wohl wäre mit ihm händchenhaltend durch die Gegend zu laufen? Ich warf ihm immer wieder Blicke zu, lächelte und freute mich darüber, mit ihm alleine sein zu können.

Ach was soll's, nimm einfach seine Hand, dachte ich. Freundinnen machen das doch auch.

Ich schrieb es dem Alkohol zu, dass ich mich tatsächlich traute, seine Hand zu ergreifen. Ich hielt die Luft an, sah ihm in die Augen, wartete auf seine Reaktion und hoffte, dass er mich nicht von sich stieß. Er schaute überrascht zurück, dann schlich sich ein kleines Lächeln auf seine Lippen.

Oh mein Gott, sein Daumen strich wieder über meinen Handrücken, diese federleichte Berührung, kaum zu spüren, mit großer Wirkung. Die Schauer kamen und ich war wieder heillos verwirrt.

Musste es sich nicht so mit Ayleen anfühlen? Was sollte ich nur machen?

»Hör auf zu denken und genieße es einfach. Manchmal muss man das Denken einfach einstellen«, durchbrach Bennie meine Grübeleien. Er lächelte mich an mit diesem besonderen Lächeln, dass er nur für mich reserviert hatte. Zumindest hatte ich es sonst noch nie gesehen. Oder bildete ich mir das gerade nur ein?

»Hast du denn schon mal an nichts gedacht?«, fragte ich ihn. »Ich meine, was ist nichts? Gibt es das überhaupt? Nicht mal Luft ist nichts.« Was laberte ich da eigentlich? Ich hätte den Mund halten sollen. Jetzt war es heraus. Bennie lachte leise und strich wieder mit dem Daumen über meinen Handrücken. Verdammt, ich konnte nur daran denken. Sofort sah ich wieder dieses Bild von uns, auf der Sitzgelegenheit, ein Bett oder Sofa, wie wir uns küssten.

»Oh Micha, du bist so herrlich, weißt du das? Ich habe noch nie jemanden so viel über nichts reden hören.«

Wie schön, dass ich zu seiner Belustigung beitragen konnte, dachte ich etwas angesäuert.

»Ich meine das ehrlich«, setzte er hinterher.

»Dass du noch nie jemanden so viel über nichts hast reden hören?«

»Dass du toll bist.« Bennie blieb stehen und ich mit ihm. Er sah mich an. Mein Herz klopfte mir bis zum Hals und ich holte zweimal tief Luft, bevor ich mich traute aufzusehen. Meinte er das wirklich ernst? Aber ich entdeckte keinen Spott in seinen Augen, nur dieses Lächeln. In diesem Moment wünschte ich mir, die Zeit anhalten zu können. Wir müssten nicht weitergehen, wären alleine hier und ich könnte einfach nur Bennie ansehen. Und vielleicht ... Stopp, du hast heute schon genug Unsinn gedacht, ermahnte ich mich.

»Lass uns weitergehen.« Schnell blickte ich nach vorne auf den Weg, der nur durch das spärliche Licht der Straßenlaternen beleuchtet war, und setzte mich in Bewegung. Seine Hand ließ ich nicht los.

Ich begann ihm von der Schule zu erzählen, vom Fußballtraining, irgendwelche harmlosen Themen, bei denen ich mich sicher fühlte. Langsam legte sich auch mein innerer Aufruhr wieder und ich wurde ruhiger.

Ehe ich mich versah, standen wir schon vor meinem Elternhaus und ich hätte seine Hand loslassen sollen, doch meine weigerte sich, seine freizugeben. Wir waren fast unter einer Straßenlaterne und ich konnte sein Gesicht erkennen, als er sich mir gegenüberstellte.

»Wir können natürlich hier stehen bleiben bis in alle Ewigkeit, aber leider habe ich heute Nachmittag noch ein Spiel und die Jungs verlassen sich auf mich. Du müsstest mich loslassen.« Bennie schmunzelte.

Ich betrachtete ihn, fragte mich erneut, wie es wäre diese Lippen zu küssen, und stellte zum ersten Mal fest, dass ich ein klein wenig größer war als er.

»Das müsste ich«, erwiderte ich endlich. Aber keiner von uns rührte sich. Dann überraschte ich mich selbst. Ich lehnte mich gegen ihn und legte meinen Kopf auf seine Schulter. War bestimmt der Alkohol Schuld, redete ich mir ein und sog Bennies Duft ein. Herrgottnocheins, der Typ duftete verdammt gut.

»Warum ist es für dich so einfach? Wie machst du das nur?«, flüsterte ich. Er musste nicht fragen, was ich meinte. Mit beiden

Armen umarmte er mich, ließ meine Hand dabei nicht los, sodass sie jetzt auf meinem Rücken lag.

»Keiner hat gesagt, dass es einfach ist«, raunte er in mein Ohr. »Ich höre mir ständig blöde Sprüche an. Aber ich will sein, wer ich bin. Ich will mich nicht verstellen.« Er hielt inne, strich mit dem Kinn an meinem Kopf entlang. »Solange man selbst vorlebt, dass es völlig normal ist und keine große Sache daraus macht, übernimmt die Umwelt es irgendwann auch. Daran glaube ich ganz fest, muss es einfach. Die Welt kann nicht nur schlecht sein.«

Seine Hand war mittlerweile meinen Rücken nach oben gewandert und in meinem Wuschelkopf hängen geblieben, wo seine Finger sanft meine Kopfhaut massierten. Es fühlte sich alles so verdammt richtig und gut an. Warum konnte ich meine scheiß Angst nicht besiegen und es zulassen? Es gab Hunderte von Menschen auf der Welt, die es jeden Tag schafften.

Er drückte mir einen Kuss auf den Scheitel.

»Ich muss jetzt wirklich los«, flüsterte er in meine Haare, küsste mich erneut und ließ mich los. Dann drehte er sich um und ging. Ich schaute ihm noch hinterher, als ich ihn schon längst nicht mehr sehen konnte, bis ich es endlich schaffte ins Haus zugehen. Mein letzter Gedanke, bevor ich einschlief, galt nicht Ayleen, nein, er galt Bennie.

Kapitel 7

Am nächsten Nachmittag kam Lukas zu mir. Da es warm war und die Sonne vom Himmel strahlte, verkrümelten wir uns in unsere Lieblingsecke im Garten. Hier hatten wir schon immer die wirklich lebenswichtigen Gespräche geführt. Im Kindergarten drehten sie sich darum, wie man es bloß hinkriegen könnte, endlich mal die Sandkiste nur für sich zu haben. Heutzutage drehten sie sich um die Bundesliga, unsere Spiele und natürlich Mädchen und Partys.

Er erzählte mir, wie die letzte Nacht für ihn zu Ende gegangen war. Aber ich sah ihm an, dass ihm ganz andere Dinge im Kopf herumspukten.

»Wie wärs, wenn du endlich loswirst, was du eigentlich sagen willst«, unterbrach ich ihn mitten im Satz und grinste. »Du lässt mindestens tausend Details aus. Sonst bist du nicht so ein oberflächlicher Erzähler.«

Lukas kratzte sich am Kopf und schien zu überlegen. Oha, das musste etwas wirklich Wichtiges sein, wenn er nicht sofort damit herausplatzte.

»Ich wollte nur wissen, also du und Bennie, na ja, ich bin nicht blöd«, druckste er herum und mein Herz setzte einen Schlag vor Schreck aus. Mein Magen zog sich schmerzhaft zusammen. War es doch so offensichtlich? Was hatte Lukas bemerkt? In meinem Kopf rasten die Gedanken. »Was ist das zwischen euch? Ihr ...«

»Was soll da sein? Wir haben uns angefreundet und quatschen miteinander«, fuhr ich ihn an, bevor er weitersprechen konnte. Er musterte mich mit einem komischen Blick, den ich nicht einordnen konnte. Ich riss von einem Strauch Blätter ab und nahm sie auseinander.

»Na ja, deswegen ja. Ich habe kein Problem damit. Ich weiß, dass ich dein bester Freund bin. Es gibt halt ein paar Gerüchte in der Schule. Und ...« Ich wollte ihn erneut unterbrechen, aber er hob die Hand. »Jetzt lass mich ausreden, bevor du mir wieder über den Mund fährst. Auf jeden Fall habe ich da keine Probleme mit, sollten sie stimmen, und die Jungs auch nicht. Hast du ja gestern gesehen.«

»Sie stimmen«, brachte ich zögerlich hervor. Hoffentlich hatte Bennie nichts dagegen und ich missbrauchte nicht sein Vertrauen, aber ich wollte auch Lukas nicht anlügen. Zumindest in diesem Punkt. »Die Gerüchte. Er hat es mir bestätigt. Ist das Thema damit beendet?« Ich wollte mit Lukas nicht über Bennie reden, aus Angst mich in irgendeiner Weise zu verraten.

Lukas sah mich noch immer prüfend an. Ich rechnete ihm hoch an, dass er nicht mehr sagte, obwohl ich mir recht sicher war, dass er das wollte.

»Also nur damit du es weißt, du kannst mit mir über alles reden«, konnte er sich denn doch nicht verkneifen.

Ich nickte und riss weiter die armen Blätter auseinander, während ich innerlich mit mir kämpfte, das Angebot anzunehmen. Aber ich konnte es nicht. Konnte auch mit Lukas nicht darüber reden, was in mir los war. Ich wusste es ja selbst nicht und wie sollte ich das, was mich bewegte in Worte fassen? Die Angst vor dem, was ich fühlte, mitteilen?

»Was ist jetzt mit Ayleen? Seid ihr zusammen?«, wechselte Lukas das Thema. Ich gab ihm dieselbe Antwort wie Bennie und erzählte ihm von dem gestrigen Abend bei ihr.

Nach einiger Zeit kamen wir auf Fußball zu sprechen und ich war wieder auf sicherem Terrain. Allerdings konnte ich nicht verhindern, dass dabei der Gedanke an Bennie aufkam. Unsere Verabschiedung letzte Nacht spielte sich vor meinen Augen ab. Ich hatte seinen Geruch in meiner Nase, spürte seine Lippen auf meinem Kopf. Unbewusst fasste ich zu der Stelle an meinen Haaren. Ein Fingerschnipsen holte mich in die Wirklichkeit zurück.

»War das Knutschen so gut, dass du immer noch in Erinnerungen schwelgst?« Lukas lachte und erhob sich. »Ich muss nach Hause. Wir essen gleich.«

Ich schaute ihn wahrscheinlich an wie ein Auto, nur nicht so schnell.

»Mann, ich hätte dir eben erzählen können, dass wir demnächst Urlaub auf einem Ponyhof machen und du hättest es abgenickt, weil du überhaupt nicht zugehört hast. Bis morgen früh.« Er lief in Richtung Gartentor.

»Bis morgen und ich hasse Ponys«, erwiderte ich.

Immer noch lachend ging er und rief mir zu: »Eben.«

Kapitel 8

Am Montagmorgen war ich um sieben Uhr wach. Dabei konnte ich montags ausschlafen, da ich erst ab der dritten Stunde Unterricht hatte. Ich drehte mich um und versuchte, noch einmal einzuschlafen, aber es klappte nicht, da ich viel zu unruhig war.

Genervt von mir selbst griff ich nach meinem Handy und prüfte mit einem leichten Schmetterlingskribbeln im Bauch, ob ich über Nacht Nachrichten erhalten hatte. Doch es gab nur eine. Von Ayleen. Sie freute sich darauf, mich in der Schule zu sehen. Ich antwortete ihr mit einem Smiley.

Was hatte ich denn erwartet? Warum sollte diese eine Person mir schreiben? Ich ließ meine Hand mit dem Handy sinken und starrte an die Decke. Es war ja nicht so, als ob wir dicke Busenfreunde wären.

Wieder hob ich die Hand mit dem Telefon und entsperrte es. Der Messenger war noch offen und mir fiel Bennies Name ins Auge. Ich öffnete unseren Chat und las ihn durch. Beim Lesen schlich sich ein Lächeln auf meine Lippen und ehe ich mich versah, schrieb ich ihn an.

Ich:
Guten Morgen, Kleiner ;-)

Mein Finger schwebte einige Sekunden über dem Senden Button. Sollte ich sie wirklich absenden? Nicht, dass ich ihm auf die Nerven ging oder er sie als überzogen betrachtete. Mehr als sich nicht darauf zu melden, konnte mir eigentlich nicht passieren, oder? Aufgeregt drückte ich den Button und legte schnell das Handy beiseite.

Da ich sowieso nicht mehr einschlief, konnte ich auch genauso gut aufstehen. Unter der Dusche schloss ich die Augen und dachte über Ayleen und mich nach. Wie ging es weiter? Waren wir nun zusammen oder nicht? Das Knutschen am Samstag war in Ordnung gewesen. Vielleicht brauchte ich einfach noch ein wenig Zeit.

Zurück im Zimmer griff ich als Erstes nach dem Handy. Shit, ich sollte es wegschließen, dachte ich ärgerlich, da ich meinen Vorsatz von vorhin schon wieder vergessen hatte. Ich wollte doch nicht ständig draufschauen.

Den Gedanken vergaß ich sofort, als ich entdeckte, dass mich eine neue Nachricht erwartete. Von Bennie. Schnell öffnete ich sie und ließ mich aufs Bett sinken.

> *Bennie:*
> Kleiner? Was soll das denn
> heißen?
> Guten Morgen. Schon wach?
> Musst du nicht erst zur
> Dritten?

Er wusste, wann meine Schule begann? Oh mein Gott, wie süß war das denn? Ich ließ mich nach hinten fallen und starrte minutenlang auf die Nachricht.

War Bennie überhaupt bewusst, was er mit dieser einzigen Frage bei mir auslöste? Es reichte, um mich fast zum Platzen zu bringen vor Freude. Ich überlegte, was ich darauf antworten sollte. Es sollte lässig klingen und nicht zu lang werden.

Ich:
Na, hör mal, ich bin
mindestens 1cm größer als du.
Jepp, muss ich. Neidisch?

Es war nicht ganz perfekt, aber es klang auch nicht zu überschwänglich. Sofort erschienen die drei kleinen Punkte am Ende, die mir anzeigten, dass Bennie tippte. Und tippte. Und tippte. Was schrieb der? Einen Roman?

Bennie:
Du meinst länger. Über die
Größe entscheidet die
Nachwelt. Ich habe die
Zweite und Dritte frei.
Echt blöd. Hätte auch
lieber die ersten beiden.
Bis später, muss los.

Ich:
Hahaha, bis später.

Pfeifend ging ich in die Küche und machte mir Frühstück, blickte immer wieder grinsend auf den Chat mit Bennie.

Alle waren aus dem Haus und ich konnte in aller Ruhe essen. Aber ich hatte Hummeln im Hintern. Ständig fiel mein Blick auf die Küchenuhr und ich erwischte mich bei dem Gedanken, dass ich, sollte ich den nächsten Bus nehmen, noch rechtzeitig zur zweiten Stunde in der Schule sein konnte. Ich könnte dort lernen. Da hätte ich keine Ablenkung. Das war eine gute Idee. Ich schnappte mir meine Sachen und ging zur Haltestelle.

Was redest du dir nur ein, schalt ich mich. Du weißt ganz genau, warum du jetzt schon zur Schule fährst. Für die Zeit der Busfahrt erlaubte ich mir die Vorfreude darauf, Zeit mit Bennie zu haben. Wenn er die Zweite auch frei hatte, könnten wir sie zusammenverbringen.

Da es draußen warm war, setzte ich mich im Pausenhof an einen Tisch und reckte mein Gesicht der Sonne entgegen. Dann holte ich mein Chemiebuch, Zeichenblock und Stifte raus. Vielleicht konnte ich ein bisschen zeichnen, während ich darauf wartete, dass das Ende der ersten Stunde kam. Ich war doch früher als erwartet in der Schule.

Neben meinen normalen Kritzeleien, die ständig und überall entstanden, wenn ich Zeit, einen Stift und Papier hatte, zeichnete ich total gerne Comics. Die wurden von Lisa und Lukas mit albernen Texten versehen. Wir machten uns immer einen Spaß daraus, für uns blöde Serien besser zu machen. Ob die Serienmacher das auch so sahen, sei dahingestellt.

Doch statt zu zeichnen, versuchte ich tatsächlich zu lernen. Komischerweise erkannte ich sogar die Buchstaben und Zahlen, aber sie ergaben heute keinen Sinn für mich. Also schnappte ich mir doch meinen Zeichenblock.

Mir fiel ein, wie Harry Potter und Ron Weasley im Zaubertränke Unterricht regelmäßig versagt hatten und kam auf eine Idee. Ich zeichnete Lukas und mich hinter einem Tisch im Chemieraum, vor uns ein Bunsenbrenner und weitere Gerätschaften. Natürlich hatten wir diese überdimensionalen Schutzbrillen auf. Am Ende des Comics sollte unser Chemieversuch explodieren und uns die Haare zu Berge stehen. Dabei hatte ich meine Kopfhörer in den Ohren und hörte, wie immer, sofern es möglich war, wenn ich zeichnete, Nirvana.

Ich hatte gerade die ersten beiden Bilder grob skizziert, als jemand auf meine Schulter klopfte. Vor Schreck verriss ich den Bleistift und ein langer Strich zierte das Blatt. Ich nahm einen Stöpsel aus meinem Ohr, drehte mich zu der Person um und erneut stellte sich mein Körper auf die Verräterseite.

Bennie.

»Was machst du denn schon hier?«

Ich brauchte einen Moment, um mich zu sammeln. Hatte nicht einmal mitbekommen, dass es zur Pause geklingelt hatte und war überhaupt nicht darauf eingestellt, ihm so mir nichts dir nichts gegenüberzustehen. Nicht, dass ich es gerade darauf angelegt hatte.

»Ich dachte, ich komme früher und lerne noch ein wenig. Chemie ist nicht mein Ding und zu Hause würde ich nicht lernen«, log ich. Wobei war es eine Lüge? Immerhin war das doch das Ansinnen, weshalb ich früher gekommen war.

Bennie schaute über meine Schulter auf den Tisch, grinste und griff nach meinem Zeichenblock.

»Aha, das sehe ich, Michelangelo. Aber ich glaube kaum, dass du mit Zeichnen etwas über Chemie lernst.« Er schaute sich die fertigen Skizzen genauer an. »Endet es damit, dass du und Lukas am Ende alles zum Explodieren bringt?«

Ich lächelte. »Natürlich.« Und dann ging mir auf, wie er

mich genannt hatte. »Michelangelo? Echt jetzt? Der Vergleich hinkt ein wenig.«

»Tja, Pech gehabt. Du bist jetzt mein Michelangelo. Sollte nicht jeder einen haben?«

Ich holte mir meinen Zeichenblock zurück und er setzte sich mir gegenüber. Immer noch mit dem frechen Grinsen im Gesicht. Ich war sein Michelangelo. Wärme strömte durch mich hindurch.

»Also Kleiner, und jetzt? Wir haben eine Schulstunde Zeit«, sagte ich.

»Mir würde sehr viel einfallen, was man so alles in fünfundvierzig Minuten machen kann«, erwiderte er. Wir fingen an, alles Mögliche aufzuzählen, überboten uns mit den Ideen.

Bennie griff erneut nach meinem Zeichenblock und blätterte ihn durch. Hin und wieder lachte er bei einem Comic. Meine Langeweile Zeichnungen betrachtete er genauer.

So nannte ich mein Gekritzel, wenn ich in meinem Zimmer saß, Musik hörte und drauflos zeichnete, ohne zu wissen, was daraus wird. Sie schienen ihm zu gefallen. Während er die Bilder ansah, sprachen wir wieder über Gott und die Welt.

Unter dem Tisch hatte Bennie seine Beine ausgestreckt, und, oh Zufall, sie berührten meine. Ich drückte meine leicht an seine und es löste wieder eine Körperreaktion aus, wie ich sie lange nicht mehr oder noch nie hatte. Ein Kribbeln breitete sich von dort in meinem Körper aus. Mein rasendes Herz und das Bedürfnis, Bennie die gesamte Zeit anzuschauen, versuchte ich sowieso schon seit er aufgetaucht war zu ignorieren.

Warum musste er ein Junge sein? Wieso konnte ich das nicht bei Ayleen fühlen? Und weshalb zerbrach ich mir überhaupt in letzter Zeit so viel den Kopf über meine Gefühle?

»Wann hast du gemerkt, dass du auf Jungs stehst? Wie war das für dich?«, fragte ich Bennie völlig aus dem Zusammenhang gerissen. Bennie wurde ernst. »Du musst natürlich nicht darüber reden, wenn es zu persönlich ist. 'Tschuldigung. Ich hätte nicht fragen sollen«, setzte ich hastig hinterher.

»Nein, ist schon in Ordnung.« Er lächelte mich an. »Du darfst mich das fragen.« Ich atmete erleichtert auf und lockerte den Griff um meinen Bleistift.

»Ich wusste es relativ früh«, fuhr Bennie fort. »Ich merkte irgendwann mit vierzehn, dass ich mir lieber Jungs anschaute. Wenn in unserer Klasse die Jungs über Mädchen gesprochen haben, interessierte mich das nicht im Geringsten. Ich verstand überhaupt nicht, warum sie so einen Aufriss darum gemacht haben, dass bei der einen bereits sehr viel Busen vorhanden war und bei der anderen nicht. Mir war das egal.«

Er hielt kurz inne, bewegte sein Bein und kratzte sich am Oberschenkel. Herrjemine, merkte er nicht, was das bei mir auslöste? Ich rutschte auf der Bank hin und her, hielt aber den Körperkontakt mit unseren Beinen.

»Um nicht aufzufallen, knutschte ich auch mit Mädchen rum und was man halt so in dem Alter macht. Ich wollte es noch nicht wirklich vor mir selbst zugeben, dass ich Mädchen immer nur als Kumpel ansehen würde und lieber mit Jungs rumknutschen wollte.« Wieder stoppte er und ein feines Lächeln erschien in seinem Gesicht.

»Mit fünfzehn fast sechzehn lernte ich einen Typen kennen, der zwei Jahre älter war als ich. Es war das erste Mal, dass ich das Gefühl hatte verknallt zu sein. Er machte mir klar, dass nichts Schlimmes dabei ist, so zu sein, wie ich bin. Das gehört nun mal zu mir.«

Mit dem Daumen strich er über eine Ecke meines Zeichenblocks und ich starrte darauf. Wünschte mir, ich könnte die Ecke sein und den Daumen auf mir spüren.

»Das ging natürlich nicht so einfach von jetzt auf gleich, aber er hatte Geduld, ließ mir Zeit, damit zurechtzukommen und meine Erfahrungen zu sammeln. Es zu merken und dann tatsächlich damit zu leben, sind zwei Paar Schuhe.« Bennie schlug wieder die Seite mit dem Comic auf und schüttelte lächelnd den Kopf. Wie gerne hätte ich gewusst, was er in diesem Moment dachte.

»Irgendwann nahm ich ihn mit nach Hause. Ich stellte ihn meinen Eltern vor, erwähnte im Beisatz, dass er vielleicht mein Freund werden könnte und damit wussten sie Bescheid.« Sein Blick war an mir vorbei in die Ferne gerichtet, als würde er die Situation erneut vor sich sehen. Ich hatte viele Fragen, wollte ihn aber nicht unterbrechen.

»Ich glaube, sie waren im ersten Moment geschockt, aber am nächsten Tag, sagten sie mir, dass es ihnen egal sei, wen ich mit nach Hause brachte, Hauptsache ich wäre glücklich. Und so halte ich das überall. Ich nehme mit, wen ich möchte und wohin ich möchte. Ich muss nicht jedem auf die Nase binden, dass ich schwul bin. Das werden die schon merken.« Er beobachtete mich aufmerksam, während ich seine Worte verarbeitete. »Und nur weil ich schwul bin, heißt das noch lange nicht, dass sofort jeder, der auf Männer steht, auch schwul ist. Derjenige könnte auch bi oder pansexuell sein.«

Ich schaute ihn an und wiederholte seine letzten Worte im Kopf. Konnte es möglich sein? Ich mochte meine bisherigen, wenigen Freundinnen, war verliebt in sie gewesen. Liebte es, mit ihnen zu knutschen oder auch weiterzugehen.

Aber anscheinend war mein verräterischer Körper der Meinung, dasselbe, nur ausgeprägter bei Bennie zu empfinden. Verdammt, warum war es bei uns Menschen nur immer so kompliziert?

Irritiert sah ich zu Bennie, der den Kopf gehoben hatte. Ehe ich realisierte was los war, traf mich ein heftiger Schlag gegen die Schulter. Als ich mich umsah, stand ein ziemlich wütender Lukas neben mir.

Oh Mist, Lukas hatte ich ganz vergessen und es lief mir heißkalt den Rücken hinunter. Ruckartig zog ich meine Beine zurück und hoffte, Lukas hatte die Berührung mit Bennie unter dem Tisch nicht bemerkt. Ich hob eine Hand an die Stirn und blickte ihn entsetzt an. Wir fuhren immer zusammen zur Schule. Kein Wunder, dass er sauer war, weil ich ihm nicht Bescheid gegeben hatte.

»Kannst du mir mal bitte erklären, warum du schon hier bist und ich keine Ahnung habe? Ich stand ewig vor deiner Tür und habe geklingelt.« Er fuchtelte mit dem Zeigefinger in der Luft herum. »Dann habe ich versucht dich anzurufen. Nachrichten geschrieben, deine Mailbox vollgelabert. Wozu hast du überhaupt ein Handy, wenn du es sowieso nicht benutzt? Fast hätte ich den Bus verpasst.« Jetzt streckte er die angewinkelten Arme mit den Handflächen nach oben aus. »Ist ja nicht so, als ob man sich Sorgen macht, ob was passiert ist. Ich weiß nicht, was gerade mit dir los ist, aber krieg dein verdammtes Leben wieder auf die Reihe. Entscheide dich endlich, was oder wen du willst. Ayleen oder die große Unbekannte. Mir ist scheißegal, mit wem du auftauchst. Aber ich will meinen besten Freund wiederhaben. Wenn du ihn gefunden hast, kannst du dich gerne wieder bei mir melden.«

Ohne mir eine Chance zur Erwiderung zu lassen, drehte er sich auf dem Absatz um und verschwand in der Schule. Sprachlos starrte ich ihm hinterher. Als ich mich wieder gefangen hatte, stützte ich meine Ellenbogen auf den Knien ab und barg mein Gesicht in den Händen. Scheiße. Absolute Scheiße. Lukas war sauer auf mich, aber so richtig. Zu all meinem Gefühlschaos hatte mir noch gefehlt, dass ich meinen besten Freund verärgerte. Ich wollte schon mit der Stirn auf die Tischplatte hauen, als eine Hand sich auf meine Schulter legte.

»Der beruhigt sich auch wieder. Keine Sorge. Das renkt sich wieder ein«, versuchte Bennie mich zu trösten, der sich neben mich gesetzt hatte. Ich drehte meinen Kopf, der immer noch in meinen Händen ruhte, in seine Richtung, sodass ich ihn ansehen konnte.

»Wenn Lukas erst mal wütend ist, ist er es. Da muss ich einige Kniefälle machen«, gab ich verzweifelt von mir.

»Na, dann fang schon mal an. Dir fällt bestimmt was ein.« Bennie strich besänftigend über meine Schulter. Ich schloss kurz die Augen und genoss die Wärme seiner Hand, die Gänsepelle am ganzen Körper, die seine Berührung auslöste.

Aber dann zwang ich mich, wieder in der Wirklichkeit anzukommen. Ich klaubte meine Sachen zusammen, räumte sie in meinen Rucksack und verabschiedete mich von Bennie. Ich war einige Schritte gegangen, als er mir hinterherrief.

»Die große Unbekannte? Du hast mich die große Unbekannte getauft?« Er lachte. Ich blieb stehen, verdrehte die Augen und drehte mich zu ihm um.

»Das war meine kleine Schwester. Ich wollte nicht damit rausrücken, mit wem ich am Donnerstag im Kino war. Anscheinend hat sie Lukas das auch erzählt. Wir sehen uns.«

»Wir sehen uns, Michelangelo.« Bennie lachte immer noch. Schön, dass ich alle in meinem Umfeld entweder zum Lachen oder gegen mich aufbrachte. In dem Moment ging die Schulglocke und ich beeilte mich, um in meinen Klassenraum zu kommen.

Da mir das Glück heute so hold war, lief mir eine strahlende Ayleen über den Weg, die sich mir in den Arm warf und mir einen Kuss gab. Er kam zum denkbar schlechtesten Zeitpunkt, ich war noch viel zu sehr damit beschäftigt, zu verarbeiten, was da eben passiert war und überlegte zudem fieberhaft, wie ich Lukas wieder besänftigen konnte. Aber Ayleen abzuweisen, wäre auch nicht richtig gewesen. Sie hätte es garantiert falsch aufgefasst und würde wissen wollen, warum.

Dass sie mich hier in der Schule küsste, bedeutete also, dass wir ein Paar waren. Somit hatte ich immerhin in der Hinsicht Klarheit. Nur war es mir im Augenblick zu viel. Ich wimmelte sie mit dem Hinweis ab, noch ein Stück Weg vor mir zu haben. Sie hatte selbstverständlich vollstes Verständnis. In diesem Moment mochte ich mich selbst nicht. Wieso ließ ich es mit Ayleen so weit kommen?

Tief in meinem Inneren kannte ich die Antwort. Aber ich wollte sie nicht wahrhaben. Hatte zu viel Angst davor, wie meine Umwelt reagierte, was meine Eltern dazu sagen würden. Es war Ayleen gegenüber alles andere als fair, auch das wusste ich. Aber die Wahrheit zu leugnen war für mich einfacher, als sich ihr zu stellen.

Im Klassenzimmer angekommen, setzte ich mich auf meinen Platz. Der stinksaure Lukas saß bereits da und ignorierte mich auf ganzer Linie. Ich versuchte, mich zu entschuldigen, aber er machte mir klar, dass er nicht mit mir reden wollte.

Ich hatte es verbockt. So richtig, nicht nur ein bisschen.

Geknickt holte ich meine Sachen hervor, inklusive Zeichenblock und malte an dem angefangenen Kurzcomic über uns weiter. Bekam nichts vom Unterricht mit und verbot mir weiter über Ayleen, geschweige denn Bennie nachzudenken. Nur war das immer einfacher gesagt als getan. Als die Stunde fast vorbei war, war ich fertig.

Lukas wunderte sich nicht, ich zeichnete oft im Unterricht. Außerdem war er zu sehr damit beschäftigt, mich zu ignorieren. Auf dem letzten Bild malte ich eine Sprechblase bei mir hin. Dort schrieb ich in Großbuchstaben »Sorry« hinein.

Ich schob den Block zu Lukas rüber. Er warf einen Blick drauf. Aus den Augenwinkeln konnte ich sehen, wie er ein Lächeln zu unterdrücken versuchte. Er ergriff einen Stift, schrieb erst etwas hin, malte dann eine Blase darum und der Block landete wieder bei mir. »Ich mag dich so wie du bist. Aber ich bin immer noch sauer«, hatte er aufgeschrieben. Na toll. Kniefälle bis Ende nächster Woche? Da half wohl nur eins.

Ich schrieb unter dem Comic: »Heute Abend, 19 Uhr, Bier-Kicker-Abend, Bar um die Ecke? Ich zahle die Zeche«, und schob ihm den Block zu. Er las den Text und antwortete: »Nur du und ich. Ich gewinne.« Darauf konnte ich mich einlassen. »Deal.« Ein Problem wieder gekittet. Zumindest so halb. Blieben nur noch Ayleen, Bennie und mein Gefühlschaos.

86

Kapitel 9

Der Abend mit Lukas war lustig. Ich musste mir nicht mal besondere Mühe geben zu verlieren, weil ich ein abgrundtief schlechter Kickerspieler war. Mit ihm über meine Probleme reden konnte ich trotzdem nicht. Dafür schwärmte ich ihm übertrieben viel von Ayleen vor und er quittierte es nur mit einem prüfenden Blick, sagte aber nichts weiter und ich war ihm unendlich dankbar dafür.

Am nächsten Morgen kam Ayleen Lukas und mir auf dem Pausenhof wieder entgegen. Sie plante unsere Woche durch, fragte mich, wann ich Training hätte oder andere Verpflichtungen. In der Pause stand sie mit einem Notizbuch neben mir und hatte einen Wochenplan dort eingezeichnet. Je eine Spalte für mich, eine für sie und eine gemeinsame. Die war übrigens rot umrandet und sie füllte sich erschreckend schnell für meinen Geschmack.

Wenn wir diesen Plan wirklich umsetzten, hätte ich überhaupt keine Zeit mehr für mich oder meine Freunde. Sogar am Wochenende hatte sie mich verplant. Am Samstag stand das Wort »Shoppen« dort. Meine Augen wurden immer größer, Lukas' Grinsen umso breiter.

Ich traute mich nicht, ihr gegenüber Einspruch zu erheben und wenn sie mal nicht bei mir stand, machten sich die Jungs über mich lustig. Der blöde Pantoffelkaufspruch kam wieder auf. Und es war erst Dienstag.

Wenn ich wollte, dass es mit ihr und mir funktionierte, dann musste ich ihr unbedingt sagen, dass ich so völlig durchgeplante Dinge nicht mochte und mir gerne auch Freiräume gestattete. Aber wie sollte ich das nur machen, ohne sie vor den Kopf zu stoßen? Bisher hatte ich so etwas noch nie erlebt und musste mir darüber keine Gedanken machen.

Am nächsten Morgen hatte ich mir fest vorgenommen, es heute mit ihr zu besprechen. Noch war erst Mittwoch und ich hatte die Chance, meine Freizeit wieder zu erlangen. Vielleicht hatte ich dann den Rest der Woche Zeit für mich. Ich musste sie in ihrem Eifer bremsen.

Wie mittlerweile gewohnt, kam sie Lukas und mir vor der Schule entgegengeeilt. Immerhin kam sie seit Montag ohne ihren Schatten im Schlepptau. Ob sie ihr wohl klargemacht hatte, dass sie die Zeit mit mir alleine verbringen wollte? Fragen würde ich sie bestimmt nicht danach. Am Ende schleppte sie Karla doch wieder mit.

Lukas grinste nur anzüglich und warf mir ein »Viel Spaß« zu, bevor er im Gebäude verschwand. Ich sah ihm sehnsüchtig hinterher, wurde aber von Ayleen durch ihre Umarmung und einem Kuss abgelenkt.

»Also, heute habe ich bis …« Dann rasselte sie den Tagesplan herunter. Ich versuchte, ihr aufmerksam zu folgen und eine Lücke in ihrem Wortschwall zu entdecken, damit ich mein Anliegen vorbringen konnte. Doch mitten in ihrem Bericht entdeckte ich Bennie, der neben der Eingangstür an der Wand lehnte und auf sein Handy schaute. Ayleens Ausführungen konnte ich nicht mehr folgen. Ich war zu sehr damit beschäftigt, nicht Bennie anzustarren und vor Freude abzuheben.

Plötzlich spürte ich es in meiner Hosentasche vibrieren. Ich holte mein Handy heraus und schaute, wer mir eine Nachricht geschickt hatte.

»... und dann komme ich zu deinem Training heute Abend.« Ayleen stupste mich an und ich blickte sie irritiert an, war zu sehr von der Nachricht gefesselt. »Hörst du mir überhaupt zu? Was ist an deinem Handy jetzt so wichtig, dass du die ganze Zeit darauf starrst?«, empörte sich Ayleen etwas lauter.

»Ich höre dir zu«, log ich sie an, aber hätte sie mich darauf festgenagelt, zu wiederholen, was sie gesagt hatte, ich hätte auf ganzer Linie versagt. »Das war wichtig, von Lukas. Irgendwas mit dem Unterricht. Ich muss los. Bis später.« Ich ließ sie stehen und ging zur Eingangstür. Mir war egal, ob sie jetzt sauer war.

»Wir sehen uns in der Pause«, rief sie mir hinterher und ich drehte mich im Gehen halb zu ihr um.

»Ja, bis später.« Ich winkte ihr zu und konzentrierte mich wieder auf den Weg. Hätte fast einen anderen Schüler umge- rannt und entschuldigte mich.

Bennie stand noch an derselben Stelle. Ich hielt auf seiner Höhe an und unsere Blicke trafen sich. Keiner sagte etwas, dann nickte er mir zu. Ich riss mich von seinem Anblick los und eilte weiter.

»Und wie lautet dein Tagesplan heute?«, fragte Lukas mich amüsiert, als ich mich neben ihn setzte.

»He?«, erwiderte ich geistesabwesend.

»Wo bist du denn schon wieder mit deinen Gedanken? Ich dachte, bei dir wäre alles geklärt. Du scheinst aber schon wieder ganz woanders zu sein«, warf er mir vor. »Was ist es? Hat sich die große Unbekannte wieder gemeldet?«

Ich sah ihn ertappt an. Er kannte mich so verdammt gut.

»Kannst du mich bitte in Ruhe lassen?« Das klang genervt. »Sorry, sollte nicht so klingen.« Ich angelte mein Stiftmäppchen, einen Block und ein Buch aus meinem Rucksack.

»Schon gut. Du hast deine Ruhe. Dachte eigentlich, dass wieder alles gut sei. Da habe ich mich wohl geirrt. Komm endlich mit dir klar, okay? Vielleicht bist du dann auch wieder ausgeglichener.« Nun klang er beleidigt, aber darum konnte ich mich jetzt nicht kümmern. Ich musste nachdenken.

Ich war den gesamten Vormittag ungewöhnlich still und es blieb nicht unbemerkt. Aber ich trug einen Kampf mit mir aus und konnte es kaum erwarten, bis die Sportstunde kam, um mich auszupowern. Mal nicht aufpassen und lernen.

Als wir in der Umkleide ankamen, waren die Jungs aus der anderen Klasse schon da. Ich schaute mich um, konnte Bennie aber nicht entdecken. Sowohl Erleichterung als auch Enttäuschung rauschten durch mich hindurch. Ich suchte mir einen freien Platz zum Umziehen, doch ich starrte nur auf die Wand. Dann fasste ich einen Entschluss, den ich längst am Morgen gefällt hatte, wie mir in diesem Moment klar wurde. Mich durchfluteten gleichzeitig so viele Dinge. Angst vor dem, was gleich passieren könnte, Ungeduld endlich hinzukommen und Vorfreude. Ich konnte nicht sagen, was überwog, aber das war auch nicht wichtig.

»Lukas, kannst du mich bitte entschuldigen? Mir geht's nicht gut. Ich glaube, ich werde krank.« Ich schnappte mir meine Sachen und rannte nach draußen. Lukas Antwort hörte ich schon nicht mehr, nur seinen überraschten Gesichtsausdruck hatte ich noch wahrgenommen.

Ich lief über den Pausenhof zu einem Ende des Gebäudeflügels, wo es eine gut geschützte, nicht einsehbare Ecke gab. Bennie war bereits da. Als ich ankam, lehnte ich mich gegen die Hauswand und schnappte nach Luft.

»Du bist gekommen.« Er strahlte mich an.

»Und ich habe keinen Schimmer warum«, antwortete ich. Er lächelte darauf. Sein spezielles, nur für mich reserviertes Lächeln. Das ließ mein Herz direkt höherschlagen. Und natürlich, da waren sie, die Schmetterlinge im Bauch. Auch wieder völlig unkontrolliert. Wieso nur hatte dieser Typ so eine Wirkung auf mich?

»Du weißt genau, warum du gekommen bist.« Er kam langsam auf mich zu. Immer näher. Seine Arme stützte er links und rechts von mir an der Hauswand ab. Er stand ganz nah vor mir. Ich konnte seinen Atem auf meinem Gesicht spüren. Eine Gänsepelle überzog meine Haut und mein Herz raste. Garantiert würde es gleich meinen Körper verlassen, weil es sich durch die Hautschichten vibriert hatte. Würde er mich gleich küssen?

Oh nein, bitte nicht. Bitte, bitte nicht. Wenn er mich jetzt küsst, dann, keine Ahnung, was dann wäre.

Ich stand doch auf Ayleen. Wie konnte ich nur hier landen? In der heimlichen Knutschecke unserer Schule, mit diesem unglaublichen Typen aus der Parallelklasse.

Oh nein, da war es schon wieder. Unglaublich? Was dachte ich da nur? Ich schaute ihn mit großen Augen an und er erwiderte den Blick. Warm und absolut sicher in dem, was er vielleicht gleich vorhatte. Wie konnte ich nur hier wegkommen? Mein verdammter Mund war völlig ausgetrocknet.

Er kam immer näher mit diesem wunderschönen Mund. Diese Lippen ... Nein, nein, nein. Wie konnte man nur so viel in so kurzer Zeit denken?

Dann spürte ich sie, seine Lippen auf meinen. Irgendwann in den letzten Sekunden musste ich meine Augen geschlossen haben. Eine Explosion der Gefühle spielte sich in meinem Inneren ab. Es war ein sanfter, vorsichtiger Kuss, der mein Gehirn zu Watte schmelzen ließ. Ich konnte nicht mehr denken. In meinem Bauch war ein Aufruhr, den ich garantiert nicht mehr beruhigt bekam.

Der Kuss wurde immer intensiver und meine Sehnsucht nach Bennie stärker. Ich legte meine Hände um Bennies Taille und zog ihn an mich, meine Zunge vollführte ein Eigenleben und bat an seinem Mund um Einlass, indem sie sanft um seine Lippen strich. Dieser wurde ihr gewährt und wir erkundeten uns gegenseitig.

Jetzt war es amtlich: Nicht das Schicksal war ein mieser Verräter, sondern eindeutig mein Körper. Nicht nur, dass in meinem Kopf Nebel herrschte, mein Bauch verrücktspielte, auch meine Knie wurden zu Gummi. Ich wollte Bennie anfassen, schmecken, riechen und das alles auf einmal. Wollte wissen, wie es sich für ihn anfühlte, wäre in ihn hineingekrochen, wenn es möglich gewesen wäre. Es dauerte einen Moment, bis ich realisierte, dass Bennie den Kuss ausklingen ließ. Unsere Lippen lösten sich voneinander.

Ich hatte meine Atmung noch nicht unter Kontrolle. Mein Herz bummerte so hart in meiner Brust, dass es meilenweit zu hören sein musste.

Bennie lehnte seine Stirn an meine, stupste mit seiner Nase meine an. Die Watte in meinem Gehirn wich und die Gedanken kehrten zurück. Meine Arme umschlangen immer noch seine Taille.

Langsam dämmerte die Erkenntnis bei mir durch. Ich war von einem Jungen geküsst worden. Nicht nur einfach geküsst, ich war voll eingestiegen in den Kuss.

Das Händchenhalten im Kino oder die Umarmung vor der Haustür hatten mich verwirrt? Dann konnte ich nur sagen, das hier hatte mich völlig durcheinandergebracht.

Ich wusste nicht mehr, was ich denken sollte. Mein Kopf schrie danach, alleine zu sein, mein Körper wollte mehr.

Ich legte einfach meine Lippen wieder auf seine und küsste ihn. Es war ... perfekt.

Perfekt mit einem Jungen, keinem Mädchen. Ich riss die Augen auf und unterbrach den Kuss. Ließ Bennie los und stieß ihn von mir. Er schaute mich überrascht an und mich überwältigten meine Gefühle. Ich griff nach meinen Sachen und lief davon. Vor ihm, vor mir.

Ich achtete nicht darauf, wohin ich rannte. Hauptsache weit weg von der Schule, wo ich für mich sein konnte. Allein mit meinen Gedanken, keinem Bennie, der mich verwirrte, keiner Ayleen, die mich ständig vollquatschte und keinem Lukas, der immer fragte, ob ich wirklich nicht mit ihm reden wollte. Mir war egal, dass noch Unterricht war und ich Fehlstunden aufgeschrieben bekam.

Irgendwann blieb ich stehen und blickte mich um. Ich war in dem Wald gelandet, in dem Lukas und ich als Kinder immer gespielt hatten. Er war in der Nähe von unserem Zuhause. Ich suchte mir eine Ecke zum Sitzen, wo ich mich ungestört von Spaziergängern zurückziehen konnte. Angelehnt an einen Baumstamm, die Knie angezogen, den Kopf darauf gelegt, kam ich langsam wieder zur Ruhe.

In meiner Hosentasche vibrierte mein Handy und ich holte es raus. Ich hatte einige verpasste Anrufe von Bennie und Lukas und ein paar Nachrichten. Ohne zu schauen, von wem die kamen, – ich konnte es mir allerdings denken, – schaltete ich das Handy aus und legte es zu meiner Tasche. Ich brauchte jetzt Ruhe und die bekam ich hier. Über mir rauschten die Bäume, ab und an knackte ein Ast oder ein Vogel zwitscherte. Das brauchte ich, um Ordnung in mein Gedankenchaos zu bringen.

Lukas hatte recht, so ging das nicht mehr weiter. Ich musste unbedingt mein Leben wieder in den Griff bekommen und was ich wollte, war eben unmissverständlich klar geworden. War es schon länger, ich mochte es nur nicht zugeben.

Es war nicht Ayleen, die mir den Kopf verdrehte, es war eindeutig Bennie.

Kam ich damit klar? Konnte ich damit leben, eventuell Freunde zu verlieren? Mein Hals wurde immer enger, Tränen stiegen mir in die Augen und liefen mir die Wangen hinunter. Sorgten dafür, dass der Druck in der Kehle nachließ.

Ich konnte mich definitiv nicht mehr belügen. Hätte mir selbst nicht mehr begegnen wollen, wenn ich nicht endlich mir, Ayleen, meinen Freunden und meiner Familie gegenüber ehrlich wurde.

Auf jeden Fall musste ich mit Ayleen reden, es beenden, bevor es zu spät war. Trotz meiner Tränen lachte ich trocken auf. Ich hätte es nie so weit kommen lassen dürfen, nachdem ich mit Bennie im Kino gewesen war.

Aber war ich wirklich bereit, mich auf einen Jungen einzulassen? Es war doch normalerweise so einfach. Man lernte sich kennen, verbrachte Zeit miteinander, verliebte sich, küsste sich das erste Mal, schlief miteinander. Wieso machte ich es mir nur so schwer?

Weil Bennie ein Typ war und keine Frau. Ich wischte mir die Tränen aus dem Gesicht und schniefte.

Was wollte Bennie überhaupt? Er hatte doch mal gesagt, immer nur so lockere Sachen zu haben. Nichts Festes. Was war ich dann für ihn? Eine Gelegenheit, die er fallen ließ, nachdem er mich bekommen hatte? Ich packte es auf meine Memoseite im Gehirn: Mit Bennie reden, Fronten klären.

Mittlerweile lehnte mein Kopf an dem Stamm und ich ließ die beiden Küsse mit Bennie Revue passieren. Wie richtig, wie unbeschreiblich es sich angefühlt hatte.

Meine Gedanken fingen an, ihre eigenen Wege zu gehen. Ich ließ sie schweifen. Es tat gut, mal so komplett allein zu sein und nicht gestört zu werden.

Am frühen Abend stand ich auf. Raffte meine Sachen zusammen und stellte mein Handy wieder an. Gefühlt tausend verpasste Anrufe. Jetzt auch noch von meiner Schwester. Ich rief sie als Erstes an, während ich mich auf den Weg machte. Sie klang ziemlich hysterisch, als sie in den Hörer brüllte, wo ich denn bitte schön stecken würde. Es würden sich alle Sorgen machen. Mama und Papa hätte sie erzählt, dass ich bei einem Schulfreund sei, um mit ihm Chemie zu büffeln und von dort aus direkt zum Training zu fahren.

Ich beruhigte sie oder hoffte zumindest, es getan zu haben und bedankte mich bei ihr.

Dann rief ich Ayleen an und erkundigte mich, ob sie zu

Hause sei. Auch sie beruhigte ich erst einmal. Wir verabredeten uns für in einer halben Stunde in einem Café.

Nachdem ich jetzt einiges für mich geordnet hatte, fiel eine Last von mir ab und ich fühlte mich leichter. Das Gespräch mit Ayleen lag mir zwar noch im Magen und wenn ich daran dachte, knotete sich alles zusammen, aber auch das stand ich durch. Und so mies, wie ich mich ihr gegenüber verhalten hatte, wäre es unfair gewesen, nur eine Nachricht zu schicken oder am Telefon zu reden.

Zwischendurch rief ich Lukas an, aber der war wahrscheinlich beim Training, es ging nur seine Mailbox ran. Ich sprach ihm drauf, dass mit mir alles in Ordnung war und ich nur Zeit zum Nachdenken gebraucht hatte. Wir würden uns morgen früh sehen.

Als ich im Café ankam, war Ayleen schon da. Sie winkte mir zu und schaute mir besorgt entgegen.

»Geht's dir gut?«, fragte sie mitleidig. Wahrscheinlich sah man mir an, dass ich eben geweint hatte. Hoffentlich war ich nicht mit Dreck verschmiert vom Waldboden.

»Ja, mir geht's wieder gut. Ich musste ein wenig allein sein und nachdenken.« Mir wurde auf einmal bewusst, dass ich mir überhaupt keine Gedanken darüber gemacht hatte, was oder wie ich ihr sagen sollte, was ich empfand. Nur dass ich es machen wollte.

»Ayleen, ich, also, ich weiß nicht, wie ich es sagen soll«, stotterte ich mir einen zurecht. Ich konnte ihr ansehen, dass sie ahnte, was jetzt kam.

»Nein«, flüsterte sie. »Nein, bitte nicht.«

»Es ist halt so, dass ich dich mag.« Ihr Gesichtsausdruck veränderte sich bei diesen Worten, ein Lächeln stahl sich auf ihr Gesicht. Mist, falsche Wortwahl. »Ich mag dich, aber nicht mehr. Ich mag dich, wie einen guten Freund, aber nicht, wie man seine Freundin mögen sollte.« So, nun war es raus.

Jetzt galt es abzuwarten, was passierte. Das machte die Situation zwar nicht leichter, aber mein Knoten im Magen löste sich auf und zurück blieb nur noch Erleichterung, es hinter mich gebracht zu haben.

Mein Blick hing an Ayleen. Ihr Gesichtsausdruck war starr geworden. Ich erwartete sogar, dass sie gleich losschreien würde. Sie tat mir unendlich leid und ich war schuld an ihrer Misere. Ich allein, weil ich nicht den Arsch in der Hose hatte, von Anfang an ehrlich gewesen zu sein.

»Wann ist dir das denn klar geworden? Vor Samstag oder danach? Schon im Kino? Hast du dort überhaupt mit Lukas gechattet?« Es klang kalt, distanziert und es war leise. Es fuhr mir durch Mark und Bein und dadurch wirkte sie verletzter, als wenn sie mich angeschrien hätte.

Ich knetete meine Hände. Egal, wie es mir ging, ich schuldete ihr ehrliche Antworten.

»So halb. Ganz sicher war ich mir, als wir uns das erste Mal küssten.« Sie verdiente die Wahrheit, so weh es ihr im Moment tat. »Aber ich schob es beiseite und wollte es nicht wahrhaben. Heute wurde mir klar, dass ich dir nichts vorspielen kann, was ich nicht fühle.« Ich schaute auf meine Finger, mit denen ich die Muster der Tischplatte nachfuhr. Außerdem ließ ich lieber mal beiseite, was mich zu der Erkenntnis gebracht hatte.

»Ich weiß nicht, was ich sagen soll.« Sie biss sich auf die Unterlippe. Die sonst so redselige Ayleen war verstummt. Tränen schimmerten in ihren Augen. Hatte sie sich wirklich schon so sehr in mich verliebt? In der kurzen Zeit? Aber dann dachte ich an Bennie und wusste, dass es möglich war. »Ich gehe jetzt besser. Schätze, dass es sich nicht vermeiden lässt, dass wir uns sehen werden. Aber halte dich von mir fern.« Sie versuchte krampfhaft, die Tränen zurückzuhalten, ihre Lippen zitterten. Ich nickte nur. Dann stand sie auf und ging.

Ich blieb sitzen, bis ich mir sicher war, dass sie verschwunden war. So sehr es mir leidtat, ihr wehgetan zu haben, so erleichtert war ich und ein großer Klotz war von meinen Schultern genommen worden. Draußen vor dem Café zückte ich mein Handy und rief Bennie an. Er war so schnell am Telefon, dass ich den Verdacht hegte, dass er es nicht mehr aus der Hand gelegt hatte, nachdem er das erste Mal versucht hatte, mich zu erreichen. Er war zu Hause. Also machte ich mich auf den Weg zu ihm.

Kapitel 10

Es war bereits acht Uhr und die Dämmerung hatte eingesetzt, als ich bei Bennie eintraf. Er öffnete mir sofort die Tür, als ob er dahinter auf mich gewartet hatte. Mein Finger lag fast noch auf dem Klingelknopf. Er blickte mich sorgenvoll an, aber als er mich erkannte, glättete sich seine Stirn und er wirkte automatisch ruhiger.

»Hey«, sagte er zur Abwechslung mal als erster.

»Hey.« Wir standen uns gegenüber und keiner sprach ein Wort. Es war eine merkwürdige Stimmung. Noch vor einigen Stunden waren wir uns so nah und jetzt wusste keiner so recht, wohin er schauen sollte.

»Ähm, komm rein«, fiel ihm dann doch noch ein und er trat beiseite, damit ich eintreten konnte. »Meine Eltern sind im Urlaub. Wir sind allein.«

»Mh«, machte ich nur. Es wollte sich einfach nicht die gewohnte Leichtigkeit wie sonst einstellen. Hatten wir bisher nie Probleme miteinander zu reden, fiel mir auf einmal kein vernünftiges Wort ein. Was erwartete ich mir überhaupt von diesem Besuch? Würden mir die richtigen Worte einfallen, um Bennie zu erklären, was in mir vorging? Bekam ich den Mund überhaupt erst auf?

»Wollen wir auf mein Zimmer gehen?«, fragte er.

Ich nickte und er ging voraus, während ich nur hinterher trottete.

In seinem Zimmer angekommen, sah ich mich um. Es war größer als meines, schlicht eingerichtet und trotzdem sehr gemütlich. Ich setzte mich auf die Couch. Die hätte in meinem Zimmer nicht mehr reingepasst. Bennie hockte sich auf sein Bett, mir gegenüber. Wir saßen eine Weile still da. Dann atmete ich einmal tief durch und nahm mein wummerndes Herz in die Hand.

»Du hattest recht vorhin. Ich wusste genau, warum ich zu dir in die Ecke gekommen bin. Auch wenn ich es erst als Kurzschlusshandlung vor mir selbst gerechtfertigt hatte, war mir doch unterbewusst schon beim Erhalt der Nachricht heute Morgen klar, dass ich kommen würde«, begann ich leise und hielt meinen Blick gesenkt. Hätte ich ihm jetzt in die Augen geblickt, ich hätte nicht mehr weiterreden können. Mir war so heiß, als würde ich in einer Sauna sitzen. Permanent wischte ich mir die Hände an der Hose trocken.

Er hörte mir zu und wartete darauf, dass ich weiterredete. Warum nur konnte er so etwas? Er gab einem immer das Gefühl, dass er ausschließlich nur für dich da war.

»Mit Ayleen ist Schluss. Ich habe eben mit ihr geredet«, nahm ich den Faden wieder auf. Dann stockte ich erneut, bevor ich trocken auflachte. »Da habe ich mir ganz schön etwas vorgemacht.« Ich drückte meine Hände neben mir in die Sitzflächen und schaute auf meine Beine, die artig nebeneinanderstanden und mit denen ich nicht herumwippte. Zwischendurch biss ich mir ständig auf die Unterlippe. Bennie war immer noch ruhig. Herr Gott, warum konnte er nicht mal was sagen?

»Ich will wissen, muss wissen, was du von mir willst.« Jetzt sah ich ihn direkt an. »Ich meine, du hast erzählt, dass du nichts Ernstes willst, sondern nur lockere Sachen. Du weißt genau, dass ich da anders denke. Aber ich habe das Gefühl, dass ich dir nicht egal bin und na ja, dass da mehr zwischen uns ist. Das mit der Knutschecke kam von dir.«

Es war raus. Der Ball war in seinem Spielfeld und ich musste abwarten. Erleichterung, alles laut ausgesprochen zu haben und Angst, vor dem, was er sagen würde, durchströmten mich gleichermaßen. Würde es bereits zu Ende sein, bevor er es überhaupt richtig begonnen hatte? Jetzt, wo ich mir endlich alles eingestanden hatte?

Er schien zu überlegen, was er mir sagen sollte.

»Ich meine, ich will nicht irgendwer sein. Jemand, den man erobert und dann ist der Reiz verloren.« Ich leckte mir über die trockenen Lippen. »Oh Mann, gestern habe ich es noch so weit von mir gestoßen. Ich wollte es nicht wahrhaben. Ich bin ein Junge, du bist ein Junge. Für dich ist es so einfach. Aber ich muss damit erst mal klarkommen, dass ich wahrscheinlich nicht nur auf Mädchen stehe«, setzte ich noch hinterher. Ich klang ziemlich verzweifelt und hätte vor Scham in dem berühmt berüchtigten Loch versinken können.

»Du hast recht. Mit allem, was du gesagt hast«, sagte Bennie endlich und klang dabei sehr ruhig und überlegt.

Ja, er sprach, jubilierte ich innerlich.

»Du bist nicht irgendwer. Und die Nachricht an dich heute Morgen war vielleicht auch nicht ganz fair.« Er fuhr sich mit einer Hand durch die Haare. »Aber es hat mich gewurmt, dass Ayleen dir ganz selbstverständlich einen Kuss geben konnte und ich nicht. Vielleicht wollte ich dir beweisen, dass du die Falsche küsst. Zumindest in meinen Augen. Eventuell auch, dass du nicht nur eine küssen kannst.« Er rutschte an die Wand und setzte sich angelehnt in den Schneidersitz. Mit den Fingern tippte er auf seinen Knien, schien zu überlegen, was er sagen sollte. »Ich wusste, dass du immer in die Offensive gehst, aber für einen ersten Kuss war das einfach der Hammer.«

Wieso war meine Unterlippe eigentlich noch nicht blutig, so wie ich auf ihr herum biss?

»Du hast mich ganz schön überrascht«, fuhr Bennie fort. »Bist über mich hereingebrochen, wie ein Wirbelsturm. Erst auf der Party, wo du völlig selbstverständlich zu mir gekommen bist und mit mir geredet hast, während ich für alle anderen unsichtbar war. In der Schule hast du immer versucht, weg zu schauen, wenn wir uns begegnet sind und hast es doch nicht geschafft.« Ein Lächeln erschien auf Bennies Lippen. »Dann der Kinobesuch. Es bekommt nicht jeder hin, sich bei einem anderen zu einem Date einzuladen. Auch wenn dir das nicht so bewusst war in dem Moment, vielleicht auch doch. Das kannst du dir nur selbst beantworten.«

Bennie machte wieder eine Pause. Ich wartete gespannt, wie es weiter ging und hätte am liebsten gedrängelt. Aber so, wie er mir eben die Zeit gegeben hatte, versuchte ich mich ebenfalls in Geduld.

»Dann im Kino. Meine Güte, warst du ein Unruhebolzen. Inzwischen habe ich gelernt, dass das ein Normalzustand bei dir ist. Aber dann war da auf einmal dein Knie an meinem und ich dachte, jetzt haut er gleich ab. Aber du hast es dort gelassen und als ich dir meinen kleinen Finger gereicht habe, hast du gleich die ganze Hand genommen. Ich konnte mein Glück kaum fassen.« Sein Blick ging kurz in die Ferne, bevor er auf meinen traf. Ich hatte mich nicht bewegt, lauschte jedem seiner Worte und wollte keines verpassen. »Tja, und dann der Heimweg von Mathis Party. Ich hätte nicht mal zu hoffen gewagt, dass du meine Hand nimmst, aber dann lehnst du dich auch noch an mich, und seien wir mal ehrlich, du warst nicht mehr allzu sehr betrunken.«

Er hörte auf zu reden und stellte seine Knie auf, die er mit seinen Armen umschlang. Ob diese Arme wohl jemals mich wieder umarmten?

»All die kurzen Nachrichten zwischendurch von dir. Es mag sein, dass du vor dir selbst geleugnet hast, was du fühlst, aber trotzdem hast du immer gewusst, was du wolltest. Und du bist zielstrebig darauf zugegangen. Ich mag Signale gegeben haben, die meisten ersten Schritte aber kamen von dir.«

Wieder pausierte er und ich hätte schreien mögen. Konnte er nicht endlich zum Punkt kommen? Warum musste er so verdammt viel reden? Ich hibbelte mit einem Fuß. Er bemerkte es und lächelte.

»Ich kann es immer noch nicht fassen, dass du mich ‚Kleiner' nennst.« Bennie lachte leise darüber.

»Schön, dass ich dich zum Lachen bringe, aber kannst du mir endlich sagen, was Sache ist? Das ist nicht gerade einfach hier für mich«, gestand ich ihm. Er nickte.

»Ich wollte das mit dem Treffen heute eigentlich nicht, es kam einfach über mich. Ich kenne deine Einstellung zu Beziehungen. Und ich wusste, dass ich mich nicht mit dir einfach nur ab und zu mal treffen, Spaß haben kann und fertig. Es überraschte mich selbst, dass ich dir die Nachricht geschrieben habe. Und glaube mir, ich wollte fast schon gehen, als du erst nicht gekommen bist, auch wenn ich geschrieben hatte, dass ich die ganze Zeit warten werde. Aber dann haben wir uns geküsst und ich war, keine Ahnung.« Er zuckte mit den Schultern. »Du hast immer Ayleen vorgeschoben und so wähnte ich mich in Sicherheit. Aber die Wahrheit ist, ich habe mich genauso in dich verliebt, wie du dich in mich und mir wurde es heute erst klar.«

Ich erstarrte. Hatte er gerade wirklich gesagt, dass er sich in mich verliebt hatte? Oh mein Gott. Mein Herz erhöhte noch einmal seine Schlagzahl, die Schmetterlinge begannen ihre Kreise zu ziehen. Wir schauten uns an. Wieder sagte keiner etwas. So kamen wir nicht weiter. Aber in meinem Kopf drehte sich alles und ich bekam keinen Gedanken zu fassen. Mit den Fingern schob ich mir Haarsträhnen aus der Stirn.

»Okay.« Ich räusperte mich. »Ich bin verwirrt. Also, ähm, ich meine, ich freue mich. Total. Ich kann es gerade nur nicht so zeigen, weil ich nicht weiß, was das jetzt bedeutet«, versuchte ich zu erklären, was in mir vorging.

Bennie nickte. Dann stand er auf und kam auf mich zu. Was wurde das jetzt? Was machte er? Konnte er mir nicht einfach antworten? Ich wollte doch nur eine Antw...

Weiter konnte ich nicht denken, denn mittlerweile hatte er sich zu mir runter gebeugt und war mit seinen Lippen wieder unglaublich nah an meinen. Sein Blick hatte meinen fest im Griff, sah mich an, als ob ich das Zentrum des Universums war und wäre ich nicht schon sprachlos, spätestens jetzt hätte es mir die Sprache verschlagen.

»Ich will dich jetzt küssen«, raunte er. »Das wollte ich schon, als du angekommen bist. Es sei denn, du willst es nicht«, warnte er mich dieses Mal vor und ich nickte nur. Blickte auf seine Lippen und wollte sie unbedingt auf meinen spüren. Wie gut, dass ich dieses Mal saß, meine Beine wurden erneut zu

Gummi. Herr Gott nochmal, wie bekam er das nur hin? Wenn mein Bauch gleich platzte, dann nur, weil die Schmetterlinge keinen Platz mehr fanden. Sie vermehrten sich in einer Geschwindigkeit, die ich noch nie erlebt hatte.

Als er sich von mir löste, kniete er sich vor mich, legte seine Arme auf meinen Beinen ab, sah mich an und sagte schlicht: »Ich will dich. Nur dich, mit allem was dazu gehört.«

Gut, nur musste ich erst mal meine Körperfunktionen unter Kontrolle bringen, was gar nicht so einfach war, bei dieser unglaublichen Präsenz, die er ausstrahlte. Ich war mir jedes Mal jeder Faser seines Körpers so bewusst, wenn wir uns so nahe waren.

Ich schluckte. »Heißt das, das«, stotterte ich herum.

»Ich dein Freund sein will, ja«, beendete er den Satz für mich. Ich nickte.

»Kannst du bitte aufhören zu lächeln? Ich muss das verarbeiten. Ich hatte noch nie einen Freund.« Er hörte nicht auf, es wurde nur breiter.

»Wir machen es in deinem Tempo. Nur so weit, wie du willst. Ich will dir nichts aufzwingen. Wir halten es so lange du willst geheim. Und wenn es zehn Jahre dauern wird, bis du so weit bist, es deiner Familie und Lukas zu sagen. Ich bin zwar der festen Überzeugung, dass Lukas es längst weiß, weil er nach dem Sport direkt zu mir kam und fragte was passiert sei.«

Ich nickte erneut, hatte irgendwann in den letzten Minuten meine Stimme verloren und wollte mir im Moment keine Gedanken über Lukas oder sonst irgendwen machen. Das konnte ich noch früh genug. Stattdessen sah ich auf seine Arme auf meinen Knien. Meine Hände legten sich wie von allein auf seine und fingen an, sie zu streicheln.

Irrte ich mich oder hatte er eine Gänsehaut?

»Was würdest du sagen, wenn ich jetzt nach Hause will, statt hierzubleiben?«, unterbrach ich diesen intimen Moment. »Ich muss eine Menge verarbeiten. Das ging jetzt alles ziemlich schnell und ehrlich gesagt, ist ein Teil von mir im Formel 1 Tempo unterwegs und der andere Teil in Käfergeschwindigkeit. Ich müsste beides wieder auf eine normale Geschwindigkeit bringen.«

Ängstlich blickte ich auf. Aber in seinen Augen lagen nur Verständnis und Wärme, was mir wieder etwas Halt gab.

»Wäre es sehr schlimm, wenn wir uns erst morgen in der Schule wiedersehen und hören?«

Er schüttelte den Kopf. »Das ist in Ordnung. Ich kann mir so ungefähr vorstellen, wie du dich fühlst. Achterbahn fahren macht müde.«

Oh ja, und ich war immer noch verwirrt. Wie konnte man an einem Tag erst ein Mädchen, dann einen Jungen küssen? Sogar während des zweiten Kusses weglaufen, als Nächstes mit dem Mädchen Schluss machen und ehe man sich versah, hatte man am Ende des Tages einen Freund.

Heute Nachmittag war ich mir nicht mal sicher, ob ich bereit dafür wäre. Ich war eindeutig Achterbahn gefahren und wie es aussah einige Runden zu viel. Mir war schwindelig und ich immer noch nicht ganz im Reinen mit mir.

»Ich bring dich runter. Komm.« Bennie stand auf und zog mich hoch. Wir gingen, wieder einmal schweigend, zur Haustür. Ich drehte mich zu ihm, unsicher, was ich jetzt machen sollte. Er nahm mir die Entscheidung ab und umarmte mich einfach.

»Bis morgen in der Schule. Schlaf gut.« Dann öffnete er die

Tür. Ich trat hinaus in die mittlerweile eingesetzte Dunkelheit und drehte mich noch einmal um.

»Bis morgen. Danke dir.«

Kapitel 11

Nach einer fast schlaflosen Nacht überlegte ich ernsthaft, zu Hause zu bleiben. Bestimmt würde ich Ayleen begegnen und das war absolut das Letzte, was ich wollte. Der Gedanke an sie brachte mir immer noch Magengrummeln ein. Aber auch Bennie würde ich sehen und da war es wieder, dieses freudige Kribbeln beim Gedanken daran, was gestern Abend passiert war. So ganz konnte ich es immer noch nicht fassen. Die Vorfreude auf *meinen* Freund überwog. Also stand ich auf und ging duschen.

Als ich wieder in meinem Zimmer war, hörte ich unsere Türklingel. Wer bitte klingelte morgens um halb sieben? Lisa öffnete die Haustür und ich trat in meine Tür, um auf die Stimmen zu hören. Es war Lukas, der nach einem kurzen Wortwechsel mit großen Schritten die Treppe hinauf gestürmt kam. Ich ging ins Zimmer, da kam er schon hinter mir rein.

»Mensch Micha, ich hab mir voll Sorgen gemacht gestern. Warum bist du einfach abgehauen?« Er blieb atemlos mitten im Zimmer stehen, während ich nur mit einer Boxershorts bekleidet vor ihm stand.

»Weil ich etwas Ruhe zum Nachdenken brauchte«, erklärte ich ihm, während ich mich anzog. »Mit Ayleen ist Schluss. Ich mag sie, aber es war nie der ganz große Funke da.«

»Was ist mit der großen Unbekannten?«, fragte er natürlich prompt. Er hatte es sich in der Zwischenzeit auf meinem Bett bequem gemacht, da auf meinem Schreibtischstuhl vor lauter Klamotten kein Platz war.

»Darüber will ich noch nicht sprechen. Da muss noch einiges geregelt werden. Irgendwann werde ich dir das erzählen, aber nicht heute. Auch nicht morgen, aber irgendwann«, versprach ich ihm.

Dass mit Ayleen Schluss war, schien ihn überhaupt nicht zu überraschen. Aber er akzeptierte auch, dass ich nicht mit ihm über ‚die große Unbekannte Bennie' reden wollte.

»Also irgendwie habe ich mich schon daran gewöhnt, dass Ayleen morgens auf uns zugestürmt kommt, bevor wir überhaupt auch nur in der Nähe des Eingangs waren. Meinst du, sie würde es weiterhin machen, wenn wir sie darum bitten?«, bemerkte Lukas, als wir an der Schule ankamen. Lukas hatte nicht einmal versucht, mich doch noch dazu zu bewegen, etwas über die Unbekannte zu sagen. Ihm war wahrscheinlich nicht bewusst, wie dankbar ich ihm dafür war, mir die Zeit zu geben, die ich brauchte. Ich wusste, dass es ihm schwerfiel, nicht zu fragen, aber er machte weiter wie bisher und vertraute mir.

»Bestimmt. Kannst sie ja mal fragen«, feixte ich. »Aber mache es, wenn ich dabei bin. Ich zeichne auch ein Porträt mit ihrem Handabdruck auf deinem Gesicht. Gratis versteht sich, bist immerhin mein bester Freund«, versuchte ich ihm ernst zu antworten. Aber es gelang mir nicht ganz. »Wo wir gerade bei ‚beste Freunde' sind, hättest du etwas dagegen, wenn Bennie in Zukunft auch mal mit im Bunde wäre?«, setzte ich an und hielt die Luft an. Kam es so unbedarft und beiläufig rüber, wie ich gehofft hatte? »Wir haben uns gut angefreundet in letzter Zeit und ich finde es anstrengend, meine Zeit zwischen euch aufzuteilen.«

Lukas schien zu überlegen, denn er antwortete nicht sofort. Bitte lass ihn nicht weiterfragen, betete ich.

»Kannst ja mal drüber nachdenken. Ihr scheint euch auch gut zu verstehen«, schob ich noch nach. Hoffentlich nicht zu hastig, sondern schön locker.

»Klar, warum eigentlich nicht? In spätestens drei Wochen, bei der Vorbereitung zu deiner Geburtstagsparty, könnten wir schon noch zwei Hände gebrauchen«, meinte Lukas. Und atmen. Gott sei Dank. Das hätten wir.

Dann fiel mir siedendheiß ein, dass ich meinen Geburtstag vergessen hatte. Ich musste es noch Bennie sagen. In drei Wochen wurde ich achtzehn. Es war ein Samstag, sodass ich direkt an dem Tag feiern konnte. Ich wollte eine Gartenparty veranstalten. Es war zwar Mitte September, aber das Wetter war meistens noch gut und wozu gab es große Pavillons und Heizpilze? Selbstverständlich hatte ich Lukas eingespannt, so wie er mich bei seiner Feier kurz vor Schulbeginn.

In der Schule hielt ichl nach Bennie Ausschau, konnte ihn allerdings nicht entdecken. Auf der einen Seite war ich froh, andererseits aber auch enttäuscht. Ich hatte mich so gefreut, ihn zu sehen. Jedoch wusste ich nicht, ob ich mich ihm völlig normal gegenüber verhalten konnte, nachdem was gestern passiert war.

In der Pause entdeckte ich ihn endlich. Aber leider erst nach Lukas. Bennie stand in seiner Ecke und beobachtete die Leute.

In der letzten Zeit gesellte er sich zwar auch mal zu uns, allerdings nur, wenn die Jungs ihn gerufen hatten. Von alleine kam er nie.

Er kam auf uns zu geschlendert, nachdem Lukas ihm ein Zeichen gegeben hatte und ich hatte kaum Zeit, mich auf den Moment vorzubereiten. Ich musste mich zwingen ihn nicht anzustarren oder noch schlimmer, verzückt zu grinsen.

Wie gut ich es hinbekam, mich ihm normal gegenüber zu verhalten, erstaunte mich dann aber. Ich saß auf der Tischtennisplatte, sprach kein Wort und hörte nur zu. Empfand es als die beste Taktik. Bennie lehnte sich neben mir gegen die Platte. Ich hätte nicht mal meine Hand weit ausstrecken müssen, um ihn zu berühren. Lukas stand uns gegenüber.

Völlig auf das Normalsein konzentriert, bemerkte ich nicht, welche Richtung das Gespräch nahm.

»… Geburtstagsparty von Micha …« Endlich gelang es mir, mich wieder einzuklinken und ich wurde aktiv.

Bei Party hatte ich den Faden wieder und gestikulierte Lukas wild zu. Der wollte nicht wirklich Bennie fragen, ob er helfen könnte? Bennie wusste noch nicht mal etwas. Ich vollführte das ultimative weltweite Zeichen von Stopp, Pause. Aufhören. Mit meinen Augen versuchte ich Lukas ebenfalls mitzuteilen, dass er nicht weiterreden sollte. Lukas kniff zwar die Augenbrauen bei meinem wilden Gezappel zusammen, aber er hörte nicht auf und brachte seinen Satz zu Ende. »… benötigen wir noch Hilfe. Du wohnst nicht weit von uns, oder?«

»Hör auf mit deinen Armen wild in der Gegend herumzufuchteln, Michelangelo. Ich kann das sehen und hatte fast deinen Ellbogen in den Rippen«, meinte Bennie. Ich ließ die Hände geschlagen in den Schoß fallen.

»Geburtstagsfeier? In drei Wochen? Du hast noch gar nichts davon erwähnt?«, sagte er dann.

Ich glaube, Lukas war mehr darüber erstaunt, dass Bennie mich Michelangelo nannte, als dass ich meinen Geburtstag vergessen hatte zu erwähnen.

»Michelangelo? Du nennst ihn Michelangelo?« Er lachte und wollte sich nicht mehr einkriegen. Die anderen wurden auf uns aufmerksam und Lukas versuchte ihnen zwischen seinen Lachanfällen, zu erklären, wieso.

Bennie verdrehte genervt die Augen und weihte sie ein. »Ich habe neulich mitbekommen, dass Micha Comics zeichnet und da habe ich beschlossen seinen Namen ein wenig abzuändern. Michelangelo. Er war immerhin auch ein Künstler.«

Bei ihm klang das alles andere als lächerlich.

Dann wandte sich Bennie wieder mir zu. Ich schaute schon die ganze Zeit nur nach unten auf den Boden. Wartete auf die blöden Sprüche, die die anderen gerne brachten. Aber sie blieben aus, stattdessen begannen sie wieder miteinander zu quatschen.

»Also Geburtstagsparty in drei Wochen?«, fragte Bennie.

»Ich habe vergessen, es dir zu sagen. Sorry. Es war so viel los in letzter Zeit. Aber ich wollte es dir noch heute sagen«, gab ich zerknirscht zu.

»Okay, ich bin dabei«, rief Bennie und gewann die Aufmerksamkeit von Lukas zurück. »Wann wollt ihr denn mit den Vorbereitungen beginnen?«

Jetzt war Lukas in seinem Element und erklärte Bennie den Rest der Pause seine komplette Planung. Er liebte solche Dinge, war perfekt darin, also hatte ich ihm das überlassen.

Die nun folgenden Schulstunden zogen sich wie Kaugummi. Warum nur, dauerte es immer so lange, bis zur nächsten Pause? Die Zeiger der Uhr wollten sich nicht bewegen und ich glaubte bereits, in einer Zeitschleife festzuhängen, als es endlich klingelte. Ich stürmte aus dem Klassenzimmer.

Auf Höhe der Toiletten entschuldigte ich mich kurz und betrat sie. Es war brechend voll, aber Gott sei Dank leerte es sich schnell und ich stellte fest, wem ich auf jeden Fall nicht die Hand geben würde. Als einer der Letzten verließ ich den Raum wieder und wollte so schnell wie möglich zu den anderen. Verdammt viel kostbare Zeit verschwendet, die ich mit Bennie hätte verbringen können.

»Hey«, sagte er in dem Moment hinter mir. Ich schrak zusammen und blieb abrupt stehen.

»Kannst du bitte aufhören dich ständig anzuschleichen?«, schimpfte ich im ersten Moment los und er lachte.

»Das ist doch unser Ding«, brachte er hervor.

»Haha.« Ich betrachtete ihn, dann schaute ich den Gang entlang. Wir waren alleine und ich zog ihn kurzentschlossen in einen offenen leeren Klassenraum, schloss die Tür hinter mir und küsste ihn.

Oh mein Gott, es fühlte sich immer noch gut an. Ich ahnte bereits, dass ich davon nie genug bekommen würde.

»Wundern sich die anderen nicht, wo du bleibst?«, fragte er nach einigen Minuten.

»Die denken, ich bin ins Klo gefallen. Egal«, murmelte ich und küsste ihn erneut. Ich wollte jetzt nicht reden, sondern ihn halten und küssen. Bei der nächsten Kusspause meldete sich Bennie wieder zu Wort.

»Wir sollten jetzt wirklich gehen. Geh du vor, ich komme dann nach.«

Ich seufzte.

»Na gut.« Aber bevor ich den Raum verließ, fiel mir noch etwas ein. »Willst du nach der Schule zu mir kommen? Wir könnten irgendwas machen.« Ich ließ meinen Blick an ihm auf und abwandern. Versuchte, mir alles an ihm einzuprägen. Er sah so verdammt gut aus.

»Gerne, ich kann nach der Schule mitkommen, wie gesagt, meine Eltern sind ja im Urlaub und warten nicht auf mich mit dem Essen oder so.«

»Schön.« Ich küsste ihn noch einmal und verschwand aus dem Klassenraum.

Bennie schaute sich in meinem Zimmer um. Ich hatte vergessen, wie unordentlich es war. Ich sah den Raum mit seinen Augen, denn Chaos war bei mir Normalzustand. Ich schnappte mir schnell die Klamotten und legte sie auf einen Haufen in einer Ecke. Auf meinem Schreibtisch schob ich kurzerhand alles zusammen. Das musste reichen. Bennie beobachtete mich dabei mit einem Lächeln und setzte sich aufs Bett.

Meine Eltern waren noch nicht zu Hause und Lisa war in ihrem Zimmer mit einer Freundin. Wir waren ungestört und auf einmal war ich unsicher, als ich mit dem Räumen fertig war. In der Mitte des Zimmers blieb ich stehen, wusste nicht wohin mit meinen Händen und schob sie in die Hosentaschen.

Was sollten wir jetzt machen? Mein Blick fiel auf meine Anlage und ich schaltete sie an. Nirvana erfüllte laut den Raum und ich stellte es schnell leiser.

»Willst du dich nicht mal setzen, Michelangelo?«, meinte Bennie.

Ja, setzen, gute Idee, dachte ich und hockte mich neben Bennie auf das Bett.

Warum konnte ich ihn in der Schule in einen Klassenraum ziehen und küssen und nun war ich ein Nervenbündel? War es nicht das Normalste der Welt, mit seinem Freund Zeit zu verbringen? Ich knetete meine Hände im Schoß.

»Was willst du machen?«, fragte ich Bennie.

»Keine Ahnung, aber mir fallen auf Anhieb ein paar Dinge ein, die wir machen könnten«, antwortete er und ich konnte das Schmunzeln in seiner Stimme hören. Ich traute mich nicht, ihn anzuschauen. Was war denn nur los auf einmal?

»Möchtest du eine Serie schauen?«, fragte ich weiter. Oh Mann, das wolltest du doch gar nicht. Nun stell dich nicht so an, schalt ich mich innerlich. Aber der Typ neben mir machte mich völlig wuschig. Er war so präsent neben mir und roch so verdammt gut. Hitzewallungen erfassten meinen Körper und kurz fragte ich mich, ob ich in den Wechseljahren war. Dabei hoffte ich, dass Bennie mein laut und hart wummerndes Herz nicht hörte. Es machte so einen unglaublichen Lärm in meinem Brustraum.

»Entspann dich. Ich bin noch immer derselbe wie immer«, hörte ich Bennie neben mir. Ich ließ mich seitwärts fallen und drehte mich auf den Rücken, schloss die Augen und versank mit meinem Kopf im Kissen.

»Das ist ja mein Problem«, murmelte ich. Bennie lachte

leise und neben mir sank die Matratze ein. Ich öffnete meine Augen und sah zur Seite. Bennie hatte den Kopf auf einen Arm aufgestützt, während er mich jetzt betrachtete. Mit der freien Hand streichelte er mir vorsichtig mit dem gekrümmten Zeigefinger über meine linke Wange, die ihm zugewandt war. Die Berührung kribbelte an der Stelle, wo der Finger lang fuhr. Unsere Blicke trafen sich.

»Ich glaube, ich war noch nie so verliebt«, flüsterte ich leise. »Mein ganzes bisheriges kurzes Leben dachte ich, dass ich die ganz große Verliebtheit schon erlebt habe, aber das hier ist noch einmal etwas ganz anderes.«

Unsere Blicke hielten sich immer noch fest. Bennie beugte sich langsam zu mir hinunter.

»Achtung, es folgt ein Kalenderspruch: Leben ist das, was passiert, während man eifrig dabei ist andere Pläne zu machen«, murmelte er und kam mir immer näher. Sein Finger strich über meine Lippen. Ich glaube, die Schmetterlinge fanden bald einen Weg aus meinem Bauch. Der stand kurz vor der Explosion.

Und dann waren seine Lippen auf meinen und wir machten da weiter, wo wir in der Schule aufgehört hatten. Aus den anfänglichen sanften Küssen wurde eine Knutscherei, in deren Folge ich Bennies Körper näher an meinen zog. Sein Shirt verrutschte und meine Hände streichelten über seine freigelegte nackte Haut.

Meine Zimmertür flog mit einem Schlag auf.

»Ich hab's gewusst. Die große Unbekannte ist Bennie!«

Vor Schreck stieß ich Bennie von mir und er zuckte ebenso zusammen wie ich.

Lukas.

Ich rappelte mich auf und zog mein verrutschtes Shirt zurecht. Aus den Augenwinkeln bekam ich mit, dass Bennie es mir gleichtat.

»Lukas«, stöhnte ich entsetzt auf. »Was machst du hier? Du wolltest dich doch mit Matze heute Nachmittag treffen.«

Oh mein Gott, ich war noch nicht so weit. Ich wollte mich meinem besten Freund noch nicht stellen. Am liebsten wäre ich unter meine Bettdecke gekrochen, aber was half das schon? Verstecken konnte ich mich nicht mehr. Mein Puls stand kurz vor dem Kollaps und ich krallte mich an meiner Decke fest. Was dachte Lukas bloß von mir? Meine Gedanken rasten nur so in meinem Kopf. Mir wurde übel.

»Ganz ruhig, Micha«, beruhigte Lukas mich und kam auf mich zu. »Es ist alles gut. Komm runter.« Mir schien meine Panik ins Gesicht geschrieben zu stehen. Bennie saß mittlerweile am Fußende des Bettes.

»Lukas, würdest du bitte die Tür wieder schließen, damit Lisa nichts mitbekommt oder ihre Freundin?«, fragte er ganz cool und ruhig. Das war so selbstverständlich für ihn. Warum konnte ich das nicht auch? Lukas drehte sich um und schloss die Tür hinter sich.

Lisa. Hatte sie Lukas gehört? Er war nicht leise gewesen beim Eintreten.

»Wie kommst du überhaupt hier rein?«, setzte mein Sprechvermögen wieder ein.

»Lisa ist in der Küche mit ihrer Freundin. Sie machen sich gerade etwas zu essen. Ich habe geklingelt, sie hat mir aufgemacht und mich reingelassen«, informierte er Bennie und mich. »Ich kann nichts dafür, dass du nichts mitbekommst. Ich habe sogar an die Tür geklopft. Matze hat mir abgesagt und da dachte ich, ich komme meinen besten Freund besuchen. Ich wusste doch nicht, dass du Besuch hast.« Er setzte sich auf den Schreibtischstuhl. »Sogar aufgeräumt hast du. Fühl dich geehrt Bennie, für mich macht er das nicht. Ich muss mir den Weg immer freischaufeln.«

Er grinste Bennie und mich frech an. Bennie lächelte und kam zu mir gerutscht. Legte mir eine Hand auf den Rücken. Ich hatte meine Ellenbogen auf den Oberschenkeln abgestützt und mein Gesicht in meinen Händen verborgen. Jetzt blickte ich vorsichtig durch meine Finger zu Lukas auf.

»Ich wusste nicht ... konnte nicht darüber reden. Es ist noch so ungewohnt, neu für mich«, versuchte ich, zu erklären.

»Micha, es ist in Ordnung für mich.« Lukas lächelte mich an und aus seinem Blick sprach dieselbe Wärme und Freundschaft wie immer. »Du musst mir gar nichts sagen. Du bist immer noch derselbe wie immer. Das habe ich doch die ganze Zeit versucht dir klar zu machen. Gut, ich gebe zu, als ich das erste Mal den Verdacht hatte, musste ich auch erst einmal klarkommen. Aber andersherum habe ich bei anderen auch kein Problem damit, warum sollte ich also bei dir damit eines haben? Hätte ich gewusst, dass Bennie heute hier ist, wäre ich nicht gekommen. Ich wollte dir wirklich die Zeit geben, bis du so weit gewesen wärst von dir aus was zu sagen«, erklärte Lukas.

Er kam auf mich zu und setzte sich neben mich. »Es war schon komisch, dich mit Bennie knutschend im Bett vorzufinden, aber hey, ich werde mich daran gewöhnen.« Lukas nahm mich in den Arm und ich entspannte mich etwas. Es tat so gut. Auch wenn wir das nie voreinander zugeben würden, so brauchten wir uns doch. Zum Quatsch machen, reden, und ja, lästern und wofür man so beste Freunde halt so benötigte. Ich könnte heulen vor Freude. Lukas schien das zu spüren.

»Du kannst ruhig weinen. Kein Problem. Aber wehe, das nicht reden wird jetzt Dauerzustand bei uns. Dann kündige ich unsere Freundschaft auf«, witzelte er rum. Ich lachte und erwiderte die Umarmung.

»So, wo wir beide wieder auf einem Wissenstand sind, nun zu dir, Bennie.« Lukas stand auf und baute sich vor Bennie auf. Die Hände in die Hüften gestemmt.

»Wenn du meinem besten Freund auch nur ein einziges Haar krümmst, bekommst du es mit mir zu tun.« Er hob drohend den Zeigefinger. »Wir kennen uns bereits seit seiner Geburt. Du kannst dir ausrechnen wie lange das schon ist. Wir haben uns immer gegenseitig beschützt vor Schaufelangreifern, Schaukelklauern und Sandbespritzern. Und das wird so bleiben.«

Lukas sagte das mit einigem Ernst und ich glaubte, er meinte es tatsächlich auch so. Das gab mir ein klein wenig Sicherheit zurück und nahm mir einiges von der Angst vor einem Outing. Wenn Lukas mir beistand, war ich nicht alleine. Bennie stellte sich vor Lukas und streckte ihm die Hand entgegen.

»Dann sind die Grenzen ja abgesteckt.«

Ich sah, wie es sich in seinen Mundwinkeln kräuselte und er sich das Lachen verkniff. Lukas ergriff seine Hand.

»Gut, was machen wir jetzt? Erzählt ihr mir, seit wann das zwischen euch läuft?« Mit einem Blick auf mich setzte er schnell hinterher: »Zu früh?«

Ich nickte. »Zu früh.«

»In Ordnung.« Dann fiel ihm etwas ein. »Ach Bennie, hat Micha dich über unsere einzige Paarregelung aufgeklärt?«

Bennie verneinte, ich verdrehte die Augen und Lukas leierte sie herunter.

»Kein knutschen, schmusen oder sonstiges Rummachen mit der Freundin, in Michas Fall jetzt Freund, solange der beste Freund dabei ist und niemanden dabei hat, um es auch zu machen.«

»Okay, damit komme ich klar.« Bennie lachte und ich ließ mich wieder auf den Rücken fallen. Mein Leben hatte sich in den letzten Wochen, vor allem Tagen völlig verändert, obwohl es noch genauso wie vorher war. Außer dass da ein unglaublicher Typ in mein Leben getreten war.

Ich bekam am Rande mit, dass die beiden sich auf eine Serie geeinigt hatten und da Lukas sich recht gut in meinem Zimmer auskannte, machte er sich sofort daran, diese anzustellen.

»Lukas, eine Sache noch, behalte es für dich, ja? Wenn ich es irgendwem erzählen will, ist es meine Sache«, bat ich ihn, während ich mich aufsetzte und mit dem Rücken an die Wand lehnte. Bennie setzte sich neben mich und verhakte seinen kleinen Finger mit meinem.

»Ich bin beleidigt, dass du es überhaupt erwähnst«, empörte sich Lukas gespielt und wir lachten. Ich war so froh, dass Lukas jetzt Bescheid wusste.

Kapitel 12

Die nächsten anderthalb Wochen waren recht ereignislos. Schule, Training, Spiel. Dazwischen ganz viel Bennie und das Gefühl, durch die Tage zu schweben. Die Jungs in der Schule bemerkten relativ schnell, dass aus dem Duo bestehend aus Lukas und mir ein Trio geworden war. Doch sie enthielten sich jedweden Kommentars, wenn es ihnen nicht gefallen hätte. Aber sie integrierten Bennie schnell in ihren Kreis, sodass ich davon ausging, keiner hatte ein Problem damit.

Jetzt kam uns nicht mehr Ayleen an der Tür entgegen gestürmt, sondern Bennie wartete neben der Eingangstür an der Schule. Wir begrüßten uns ganz sittsam ohne jegliche Körperberührung, auch wenn es uns beiden schwerfiel. Lukas ging rein und ließ uns zwei Ts, wie er Bennie und mich nannte, wenn wir unter uns waren, alleine. Ich machte den Fehler, ihn beim ersten Mal zu fragen, was es bedeutete. Natürlich Turteltauben. Ich ließ ihm den Spaß, auch wenn ich mir bestimmt einen besseren Spitznamen für Bennie und mich vorstellen konnte.

Mit jedem vergangenen Tag fand ich meine innere Ruhe wieder und gewann an Sicherheit. Lukas und ich hatten nur an dem Überraschungsnachmittag miteinander gesprochen und damit war für Lukas alles gut, was auch ein Grund war, der mir Sicherheit gab. Ich hätte keinen besseren Freund finden können als ihn.

Am Wochenende wollten wir mal wieder auf eine Party, Rabea feierte ihren achtzehnten Geburtstag. Somit dauerte es nur noch eine Woche, bis ich endlich volljährig wurde.

Wir saßen während der Pausen in der großen Halle, da der Himmel in den letzten Tagen beschlossen hatte, uns mit Dauerregen zu beschenken. Ich schaute ständig aus dem Fenster und hoffte, dass es bis Sonntag zum Spiel wieder besser wurde. Ich hasste es, auf glitschigem, nassem Rasen zu spielen. Jeder wusste, dass die Verletzungsgefahr dann viel größer war, weil man wegrutschte.

»Hey Michelangelo, was ist los?«, fragte mich Bennie, als ich nach draußen starrte.

»Ich beschwöre den Himmel, dass es aufhören soll zu regnen. Würde gerne auf trockenem Rasen spielen«, antwortete ich. Er zuckte mit den Schultern.

»Wird schon. Kannst du sowieso nicht ändern.«

In dem Moment erscholl der Gong und die Pause war vorbei. Wir machten uns auf den Weg zu den Klassenräumen. Kurz bevor sich unsere Wege trennten, hielt Bennie mich auf.

»Sag mal, hast du Lust heute Abend mit mir ein wenig Feiern zu gehen? Ein Freund hat mich angeschrieben, ob ich nicht mal wieder Lust hätte in den Club zu kommen.« Bennie zögerte kurz und blickte sich um, aber keiner hörte uns zu. Sie waren alle in ihre eigenen Gespräche vertieft, während sie an uns vorbeiliefen. »Vielleicht hast du ja mal Lust jemanden aus meinem Freundeskreis kennenzulernen?«

»Klar. Was ist das für ein Club?« Bennie hatte mich neugierig gemacht. Außerdem kannte ich tatsächlich keinen von seinen Freunden oder Mitspielern und war schon ziemlich gespannt darauf sie kennenzulernen.

»Nun ja, es wird dort getanzt«, meinte er vorsichtig. Ich horchte auf.

»Wird es meistens dort.«

»Und es könnte dort einen Überschuss von männlichen Wesen geben.«

Irgendwie hatte ich so eine Antwort erwartet und mir wurde mulmig. Ich wollte seine Freunde kennenlernen, aber mussten wir für so etwas direkt in einen, wie nennt man die denn, Schwulenclub gehen? Was war, wenn einer aus der Schule auch da wäre? Oder sonst ein Mensch, mit dem ich nicht gerechnet hatte? War ich schon bereit dafür? Andererseits reizte es mich schon, mal in so einen Club zu gehen.

»Du musst dich auf keinen Fall verpflichtet fühlen«, ruderte Bennie zurück, als mein Schweigen zu lange dauerte. »Ich fahr da auch alleine hin. Aber ich würde halt die Jungs gerne mal wiedersehen und sie dir vorstellen«, setzte er hinterher.

»Ich mach das.« Das klang sicherer, als ich mich fühlte und mein Magen krampfte sich etwas zusammen, bei dem Gedanken. Es bedeutete eine große Überwindung für mich, dort heute hinzugehen, aber ich wollte Bennie und seine Welt besser kennenlernen.

Bennie lächelte, zwar nicht mein Lächeln, trotzdem ein glückliches. Zu gern hätte ich mein Lächeln gesehen, doch das sparte Bennie sich immer für die Momente auf, wenn wir alleine waren.

Ich schaute ihn von der Seite an und unsere Blicke trafen sich. Aus seinen Augen blitzte mir die Freude über meine Zusage entgegen. Ich wünschte, ich wäre mutig genug, Bennie jetzt und hier zu küssen. Aber ich war noch nicht so weit und hatte Angst davor, was über mich geredet würde oder ob ich aus meinem Freundeskreis ausgeschlossen werden würde.

»Wir sehen uns so wenig dieses Wochenende«, lenkte ich mich von meinen eigenen Gedanken ab. »Du willst morgen wirklich nicht mit zu der Party?«, fragte ich Bennie zum tausendsten Mal.

»Nein, ich werde mir einen schönen Abend allein zu Hause machen und den letzten Samstag ohne meine Eltern genießen«, antwortete er mir geduldig das genauso viele Mal und schmunzelte.

»Na gut. Ich werde nicht mehr fragen.« Ergeben nahm ich es hin und unterdrückte die aufkommende Enttäuschung. Wir sahen uns heute Abend und bestimmt irgendwann am Sonntag. Kam darauf an, wann seine Eltern kamen.

»Bis später.« Sein Lehrer tauchte auf und Bennie bog links in den Gang ab. Ich winkte ihm hinterher. Dann hastete ich hinter Lukas in den Klassenraum. Während der Stunde erzählte ich ihm, wo ich mit Bennie hinwollte und er lachte leise.

»Ich würde zu gern mitkommen«, flüsterte er mir laut zu.

»Wohin?«, kam es prompt von Matze, der vor uns saß.

»Zur Geburtstagsfeier von Michas Cousin«, log Lukas ihn gelassen und ohne zu zögern an. Schon allein deswegen bekam ich ein schlechtes Gewissen. Jetzt schwindelte nicht nur ich unsere Freunde an, nein, Lukas tat es auch für mich. Ich musste wirklich bald den Mut finden, diese Heimlichtuerei zu beenden. Auch wenn sowohl Bennie als Lukas mir versicherten, dass es kein Problem für sie war. Für mich wurde es zu einem, wie ich wieder feststellte.

»Danke«, wisperte ich ihm zu.

Bennie und ich kamen gegen zehn Uhr an dem Club an. Wir hatten abgemacht, dass er mich als ein Freund und nicht sein Freund vorstellte. Auch wenn ich mir sicher sein konnte, dass sie mich nicht verbannen würden, fiel es mir doch schwer, in der Öffentlichkeit zu mir zu stehen.

Seine Freunde warteten draußen in der Schlange auf uns. Es waren drei Jungs, die geschätzt ein oder zwei Jahre älter waren. Bennie stellte uns vor und keine Viertelstunde später waren wir im Club.

Gefühlt machte ich mich im Innenraum kleiner, als ich war, um nicht aufzufallen. Ich sah mich unauffällig um und kam mir fehl am Platz vor. Bennie schien es zu spüren. Er wich mir nicht von der Seite. Hin und wieder grüßte er jemanden. Offensichtlich war er nicht zum ersten Mal hier, aber das hatte er mir auch schon gesagt. Je weiter wir in den Club gingen, desto überraschter registrierte ich, wie bunt und aufgedreht die Menschen hier waren. Es war nicht einmal die Kleidung, ich konnte es nicht in Worte fassen, aber es gefiel mir mit jeder Sekunde mehr.

Irgendwer hielt mir eine Flasche mit Bier hin. Ich hatte gar nicht mitbekommen, dass Bennie für mich eines bestellt hatte. Wir kämpften uns mit seinen Freunden zu einer freien Ecke durch, wo wir sitzen konnten. Zwei der Jungs verschwanden direkt auf die Tanzfläche.

Ich musste aufpassen, die Leute nicht allzu sehr anzustarren, nahm allerdings die Stimmung in mich auf. Bennie ergriff unter dem Tisch meine Hand, drückte sie und ließ sie nicht mehr los. Er lächelte mir kurz zu und unterhielt sich dann wieder mit seinem Freund. Dieser wollte bald auch tanzen und fragte, ob wir mitkommen würden. Ich wusste nicht so recht und schüttelte den Kopf. Wenn ich eine Sache überhaupt nicht konnte, dann war es tanzen. Aber Bennie versicherte ich, dass er mitgehen könnte und nicht den Unterhalter für mich spielen müsste, ich würde mich bestimmt nicht langweilen.

Das meinte ich vollkommen ernst. Es machte mir wirklich Spaß, alles zu beobachten. Es war eine neue Welt für mich, die sich gerade erst öffnete und ich stellte fest, dass ich zurzeit nur einen Bruchteil zu sehen bekam. Einer von Bennies Freunden fand den Weg zurück zu unserem Tisch. Seinen Namen hatte ich leider schon wieder vergessen, ich war überhaupt nicht gut in so was. Er stellte mir eine Menge Fragen und trank dabei sein Bier aus, bis er auf die Tanzfläche wollte.

»Komm mit. Das macht Spaß.« Er sprang auf, griff nach meiner Hand, zog mich hoch und hinter sich her.

»Ach lass mal«, protestierte ich schwach auf dem Weg in die wogende Menge, was er gekonnt ignorierte, und ich entzog ihm auch nicht meine Hand. Ich hatte längst Blut geleckt und wollte ebenfalls zu den anderen.

»Aber ich kann gar nicht tanzen«, rief ich ihm über die Musik hinweg zu, als wir die Tanzfläche erreichten.

»Ist doch egal, ob du das kannst oder nicht. Wenn du dich zur Musik bewegen kannst, dann reicht das vollkommen aus«, versicherte er mir und tanzte im Rhythmus des Liedes.

Vorsichtig wiegte ich mich im Takt der Musik, doch es war so steif, dass es mir peinlich war. Bei allen anderen wirkte es viel geübter und lockerer. Bennie schob sich zwischen den Menschen zu mir hindurch.

»Sieht doch gut aus«, meinte er. »Ich leiste dir mal seelische Unterstützung. Dann sehen wir zu zweit unbeholfen aus«, raunte er in mein Ohr über die wummernden Bässe.

»Das sieht bei dir aber gut aus«, rief ich zurück und er winkte lachend ab.

»Interessiert sowieso niemanden, was du hier machst.«

Nach dem dritten Lied war auch ich mir sicher, dass es tatsächlich keinen kümmerte, was ich wie auf der Tanzfläche fabrizierte. Hauptsache man hatte Spaß und den hatte ich.

Einer von Bennies Freunden drückte mir erneut ein Bier in die Hand, als ich mal eine kleine Pause machte. Bennie gesellte sich zu uns und stellte sich seitwärts hinter mich. Ich lehnte mich leicht an ihn und genoss es, ihm in der Öffentlichkeit nahe sein zu können ohne Angst davor, dass sich jemand daran stören könnte. Bennie legte seinen linken Arm um meine Taille und drückte mir einen Kuss auf den Hinterkopf.

Als ich das Bier aushatte, zog ich ihn auf die Tanzfläche. Kaum waren wir wieder im Rhythmus, versuchte ein anderer Kerl mit Bennie Blickkontakt aufzunehmen und kam näher. Ohne zu zögern, zog ich Bennie an mich und küsste ihn. Bennie war wahrscheinlich überraschter als ich, denn er brauchte ein paar Sekunden, bis er den Kuss erwiderte. Der Typ drehte enttäuscht ab und suchte sich jemand anderen.

Es war berauschend hier vor aller Augen Bennie zu küssen und niemand interessierte sich dafür. Er zog mich von der Tanzfläche in eine dunkle Ecke, wo wir ungestört von den Tanzenden knutschten. Es war ein einziger Rausch, dabei hatte ich gar nicht so viel getrunken.

»Wollen wir gehen?«, fragte ich ihn. »Zu dir, Kleiner?« Er nickte.

Wir verabschiedeten uns und gönnten uns ein Taxi. Ich griff nach seiner Hand, krallte mich geradezu an ihr fest.

Kaum war die Tür hinter uns ins Schloss gefallen, knutschten wir weiter, schafften es stolpernd die Treppe hoch bis in sein Zimmer. Noch an der Tür zog ich ihm das Shirt aus. Ich wollte seine nackte Haut auf meiner spüren, ihn schmecken und riechen. Wir fielen auf sein Bett, ich landete auf Bennie und er zog mir das Shirt aus. Die Küsse wurden immer intensiver, bis ich mit meinen Lippen über seinen Hals, das Schlüsselbein bis zu seinen Nippeln fuhr. Mit meinen Händen erkundete ich jeden Zentimeter seines Oberkörpers.

Durch die Hose spürte ich seine Härte und als ich mich weiter küssend nach unten bewegte, entfuhr ihm ein leiser Seufzer. Ich lächelte glücklich darüber, dass ich ihm solche Laute entlocken konnte.

Ich versuchte, seine Hose zu öffnen, doch meine Finger zitterten zu stark vor Erregung und Vorfreude auf das, was heute geschehen könnte. Alles gepaart mit ein klein wenig Angst zu versagen und alles falsch zu machen.

Bennie legte seine Hände über meine, streichelte mit dem Daumen über den Handrücken und blickte mir ernst in die Augen, als ich mich aufrichtete.

»Willst du das wirklich?«, fragte er leicht außer Atem. Als Antwort nickte ich nur, da ich meiner Stimme nicht über den Weg traute. Ein Schmunzeln legte sich auf seine Lippen und er öffnete die drei Knöpfe seiner Jeans für mich.

Bedächtig zog ich ihm die Hose aus und betrachtete ihn. Ich

hatte ihn zwar schon in der Schulumkleide nur in Boxershorts gesehen, doch sie hatte sich bisher noch nie so ausgebeult wie jetzt und ich fand es verdammt heiß und erregend. Meine Hose wurde sekündlich enger. Ich biss mir auf die Lippen. Mein Herz klopfte einen wilden Rhythmus und mit den Händen fuhr ich langsam die Innenseite seiner Oberschenkel nach oben, bis unter die Shorts, zog die Hände wieder hervor, weil ich mich nicht weiter vor wagte im Moment. Stattdessen legte ich mich der Länge nach auf ihn und küsste ihn. Spürte sein steifes Glied durch meine Jeans an meinem, seine Arme hielten mich umschlungen und er streichelte beruhigend über meinen Rücken.

»In deinem Tempo«, keuchte er, als ich meinen Kopf in seine Halsbeuge legte und mein Gesicht vergrub. Was er wohl von mir dachte? Aber ich brauchte einen Augenblick, um zu verarbeiten, was gerade passierte. Tausendmal in der letzten Zeit hatte ich davon geträumt. Mich gefragt, wie es sein würde, wenn wir weitergingen und jetzt, wo es so weit war, überforderte es mich. Es fühlte sich wie mein allererstes Mal an.

Ich rutschte von ihm herunter und legte mich neben ihm auf den Rücken.

»Kannst du«, ich schluckte trocken und drehte den Kopf, sodass ich ihm in die Augen sehen konnte. »Kannst du weitermachen?«, bat ich ihn. Er küsste mich zur Antwort und setzte sich auf. Ein Bein legte er über mich und beugte sich zu mir hinunter.

»Wenn du es wirklich willst.«

»Ja, bitte.« Meine Stimme klang rau und ich räusperte mich.

Bennie lächelte, küsste und streichelte mich, nahm mir die Nervosität und ließ sich unglaublich viel Zeit. In meiner Hose wurde es immer enger und als er mir endlich die Jeans auszog, seufzte ich vor Erleichterung.

»Willst du weitergehen?«, flüsterte er mir ins Ohr und knabberte an meinem Ohrläppchen.

»Ja«, antwortete ich heiser. Herrjemine, was war heute nur los? Sonst ging mir das doch alles leicht von der Hand und ich krächzte nicht daher. Nun gut, einfach war es dieses Mal auch, nur ungewohnt, dass es mit Bennie war.

Mit meinen Händen wanderte ich seinen Rücken hinunter bis zu seinem Hintern. Ich schob sie unter seine Boxershorts und knetete ihn. Er stöhnte leise und rieb seinen Penis durch den dünnen Stoff an meinem. Halleluja, es war das Beste, was mir bis dahin passiert war. Mein Körper zitterte vor Anspannung und die Lust strömte bis in die letzte Haarsträhne.

Dann löste sich Bennie von mir und zog mir die Boxershorts aus, konnte es kaum erwarten, zu erleben, was er nun vorhatte. Er leckte meinen Schwanz und ich krallte meine Hände in seine Haare, bog mich ihm entgegen. Als er ihn in den Mund nahm, oh shit, ich konnte nicht mehr denken. Ich ließ mich von Bennie treiben, bis ich mich nicht mehr zurückhalten konnte. Ohne Vorwarnung kam ich und Bennie rieb nun mit seiner Hand sachte über meinen Schwanz, legte sich neben mich und zog mich mit dem freien Arm in eine Umarmung.

Meine Güte, etwas Derartiges würde ich bei ihm nie und nimmer zustande bringen.

»Du musst nicht«, sagte er und küsste mich sachte auf den Mund, es war kaum spürbar.

Erschrocken riss ich die Augen auf. Hatte ich laut gedacht? Bennie lachte.

»Ach, mein Michelangelo. Es kommt doch gar nicht auf

den Orgasmus an, sondern dass wir beide Spaß haben. Und den hatte ich eben.«

Trotzdem fiel mein Blick auf sein immer noch steifes Glied, das durch die Boxershorts in meine Seite drückte.

»Ich möchte aber«, sagte ich leise und Bennie lächelte mein Lächeln.

»Ich halte dich bestimmt nicht auf.«

Ich schloss seinen Mund mit einem langen Kuss und fuhr mit meiner Hand unter seine Shorts. Umfasste seinen Schwanz und rieb vorsichtig daran. Es war das erste Mal, dass ich einen anderen als meinen anfasste und ich hatte überhaupt kein Gefühl dafür, ob ich zu fest oder zu sachte zugriff. Es war schwer, sich daran zu halten, wie man es selbst gerne mochte, weil ich es dieses Mal nicht an mir fühlen konnte. Aber da Bennie in diesem Moment in unseren Kuss stöhnte, machte ich bestimmt nichts falsch.

Ich zog meine Hand hervor, löste mich von Bennie und befreite ihn von der Unterhose. Dieses Mal leckte und küsste ich mich an seinem Oberschenkel nach oben. Umkreiste seinen Schwanz, bis ich mich traute und ihn in den Mund nahm.

So viele erste Male. Ständig schweifte mein Blick nach oben zu Bennies Gesicht, immer mit der Angst, etwas falsch zu machen oder ihm wehzutun. Es war bestimmt keine Glanzleistung, die ich gerade ablieferte, aber es schien ihm zu gefallen. Sein Atem ging schneller und er zuckte in der Beckengegend, hielt sich wahrscheinlich selbst davon ab, zuzustoßen.

Ich streichelte seine Eier, drückte einmal sachte und kurz zu. Sein Schwanz wurde noch härter und pulsierte in meinem Mund. Ich konnte ihn nicht ganz aufnehmen, ohne zu würgen, dafür half ich mit einer Hand nach.

Dann drückte Bennie mich hoch, umfasste meine Hand und rieb sich mit meiner Hilfe. Es dauerte keine Minute und er war so weit. Dieses Mal legte ich mich neben ihn, strich mit einem Finger die Konturen seines Mundes nach und küsste ihn. Er schob einen Arm unter meinem Hals hindurch und zog mich zu sich. Mein Kopf lag wieder in seiner Halsbeuge. Breit grinsend sog ich seinen Duft ein. Als sein Atem sich beruhigt hatte, holte er eine Packung Taschentücher aus seinem Nachttisch und wir säuberten uns.

»Ganz egal, was du jetzt von dir denkst, mir hat es sehr gut gefallen.« Bennie drückte mir einen Kuss auf den Mund. Ich hörte innerlich einen kleinen Stein purzeln und schmiegte mich noch näher an, wollte für immer so neben ihm liegen bleiben und die Welt aussperren.

»Hast du, also, hättest du etwas dagegen, wenn ich hier übernachte?«, flüsterte ich und hielt die Luft an.

»Nein, überhaupt nicht. Ich kann dich doch jetzt nicht gehen lassen«, murmelte er in meine Haare. Halb auf ihm liegend, holte ich wieder Atem.

»Dann muss ich aber meinen Eltern zumindest eben schnell eine SMS schreiben, damit sie sich keine Sorgen machen.« Schwerfällig erhob ich mich, griff nach meiner Hose und fischte mein Handy aus der Tasche, um die Nachricht abzusenden. Dann kuschelte ich mich wieder an Bennie.

Kapitel 13

I ch erwachte durch die Helligkeit im Zimmer. Völlig verschlafen registrierte ich den Körper neben mir, den ich fest
umschlungen hielt. Langsam dämmerte mir, wo ich war und
ein Lächeln schlich sich auf meine Lippen. Ich sog Bennies
Duft ein, der nach einer Mischung aus Nachtschweiß und
seinem Zitrusdeo roch, küsste ihn im Nacken und versuchte,
mich noch enger an ihn zu schmiegen. Wohlige Schauer liefen
über meinen Körper, während sich Bennie regte. Ich drückte
ihn fest an mich.

»Lass mich am Leben«, murmelte er mit kratziger Stimme.

»Mh«, war alles, was ich erwiderte und küsste ihn immer
wieder im Nacken. Ich könnte das ewig machen. Bennie drehte
sich in meinen Armen und blickte mir in die Augen. Aus ihnen
strahlte so viel Wärme.

»Mein Mund ist aber auf dieser Seite.«

»Na Gott sei Dank. Hatte mich schon gewundert, wie du
dich in den letzten Stunden verändert hast«, foppte ich ihn,
mit meinen Lippen an seinen. Dann küsste ich ihn.

»Du schmeckst salzig, Kleiner«, informierte ich ihn.

»Könnte daran liegen, dass ich gestern getanzt habe und
dadurch ins Schwitzen kam. Und unsere nächtliche Aktivität
hat bestimmt auch ihren Teil dazu beigetragen.«

Er grinste mich frech an.

»Mh, bestimmt. Wir können das bei Gelegenheit gerne wiederholen. Aber weißt du worauf ich jetzt so richtig Lust hätte? Auf eine Dusche und etwas zu essen.«

»Das lässt sich bewerkstelligen. Aber dafür müsstest du mich loslassen.« Er zappelte in meinen Armen. Ich seufzte und gab ihm noch einen Kuss, bevor ich ihm erlaubte aufzustehen. Bennie zeigte mir wo das Bad war, gab mir ein Handtuch und verschwand wieder. Unter der Dusche musterte ich die ganzen Shampoos und Duschgele. Welches davon gehörte wohl Bennie? Während ich abwog, welches ich nehmen sollte und dabei den warmen Duschstrahl von oben genoss, betrat Bennie die Dusche hinter mir und griff an mir vorbei.

»Das ist meines.«

Ich drehte mich um, hatte überhaupt nicht damit gerechnet, dass wir gemeinsam duschten.

»Was?« Bennie sah mich mit einem schelmischen Gesichtsausdruck an. »Du hast doch Hunger? So sind wir schneller fertig und es macht auch noch Spaß.« Er tat sich Duschgel auf die Hand und seifte mich ein. Ich konnte nicht leugnen, dass ein gut aussehender nackter Bennie mal hinter oder vor mir, mich kalt ließ. Wenn er mich zusätzlich unter der Dusche wusch und dabei massierend mit den Händen über meinen Körper fuhr ... Sie glitten definitiv überallhin.

Er war hinter mir, rückte näher an mich und rieb sich an mir. Der Duschstrahl von oben hatte mich schon längst wieder vom Schaum freigespült.

»Ich kümmere mich mal eben um dein kleines Problem da unten« flüsterte er mir leise ins Ohr und umfasste meinen erigierten Penis. Langsam fing er an, seine Hand hoch und runter zu bewegen. Mit seiner anderen Hand kümmerte er sich um meine Eier. Ich stöhnte leise und lehnte mich an ihn und hielt mich an ihm fest. Der Griff um meinen Schwanz wurde fester und die Reibung schneller.

Bennie rieb sein Becken an meinem Hintern und seufzte mir ins Ohr. Meine Hände hatten sich zu seinem Arsch vorgearbeitet und kneteten ihn.

Keuchend ergoss ich mich in Bennies Hand, der sich immer noch an mir rieb. Als er von mir abließ, drehte ich mich um und drückte ihn an die Wand. Dann kniete ich mich vor ihm hin und nahm seinen Schwanz in meinen Mund. Meine Hände halfen mit und es dauerte nicht lange und Bennie stöhnte ein letztes Mal auf. Ich erhob mich und wir lächelten uns an.

»Jetzt mache ich dich sauber. Aber auf meine Art, sonst kommen wir hier nie mehr raus«, grinste ich ihn an und seifte ihn ein. Kurze Zeit später waren wir endlich fertig geduscht. Ich bekam von ihm eine Boxershorts, Socken und ein T-Shirt. Er hatte sogar eine Zahnbürste für mich, was mich wiederum verunsicherte.

»Hast du öfter Übernachtungsbesuch?«, fragte ich ihn, mit dem Versuch, meine kleine aufkeimende Eifersucht zu unterdrücken. Er hatte doch gesagt, er wollte mit mir zusammen sein und mit niemand anderem.

»Nope. Hatte ich noch nie. Du warst da definitiv der Erste. Aber meine Mutter hat da so einen Tick, dass sie immer für jeden von uns mindestens eine, am besten zwei Zahnbürsten als Ersatz hat. Du hast also meine Ersatzzahnbürste.«

Ich war der Erste, den er hier übernachten ließ. Stand ich noch auf der Erde oder schwebte ich schon? Das Grinsen bekam ich heute garantiert nicht mehr aus dem Gesicht. Es war wie ein Dauerrausch, nur das dieses Mal kein Alkohol im Spiel war. Es war so viel besser.

Fast schon tänzelnd folgte ich Bennie die Küche und hoffte, er würde meine Euphorie nicht bemerken. Als wir den Tisch gedeckt hatten, merkte ich erst, wie hungrig ich war und wie gut das Frühstück tat. Nachmittags um zwei. Zwischendurch hatte ich mein Handy gecheckt und nur zwei Nachrichten erhalten. Eine von meiner Mutter, die mir Spaß wünschte und darum bat, dass ich doch bitte heute wenigstens nur kurz einmal vorbeischaute, damit sie noch wusste, wie ich aussah. Die Zweite kam von Lukas. Vorglühen um acht Uhr heute Abend bei Leon. Hieß, ich holte Lukas um halb acht ab.

»Wir haben noch fünf Stunden, bevor ich losmuss«, informierte ich Bennie. »Oder soll ich gehen? Du wolltest doch den letzten Samstag ohne deine Eltern genießen«, setzte ich hastig und verunsichert hinzu. Ich war selbstverständlich davon ausgegangen, dass wir den Tag zusammen verbrachten, ohne zu wissen, was er eigentlich wollte.

»Unterstehe dich vorher zu gehen. Ich zeige dir meinen Lieblingsplatz. Da, wo ich immer hingehe, wenn ich mal meine Ruhe haben möchte.«

»Hier ist mein Lieblingsplatz.« Ich sah mich um. Wir waren am Stadtrand, fünf Minuten zu Fuß von Bennie entfernt.

»Das ist eine Wiese mit einer Kirche drauf, die an einem Waldstück liegt.«

»Jepp, genau. Einer alten Kirche, die nur noch zu besonderen Festen genutzt wird. Sie steht trotzdem immer für alle offen. Es kommt nur kaum einer her, deswegen ist es so ruhig hier. Komm mit, wir gehen rein.«

Zugegeben, damit hätte ich nicht gerechnet. Bennie in einer Kirche? Das konnte ich mir absolut nicht vorstellen. Ich lernte ständig neue Seiten an ihm kennen. Wir betraten das kleine Gotteshaus und Bennie setzte sich in die letzte Bank auf der linken Seite. Ich platzierte mich neben ihn. Es war angenehm kühl hier drin und durch die hohen Buntglasfenster drang Licht. Die Kirche war von innen nicht mit viel Prunk und Putz ausgestattet und den Bänken sah man ihr Alter an. Von einigen blätterte die Farbe ab.

»Ich komme gern hier her, wenn ich nachdenken muss«, eröffnete Bennie das Gespräch nach einiger Zeit. »Niemand ist hier, der etwas von mir will. Wenn ich mich mit jemandem gestritten habe, komme ich hier am schnellsten wieder runter.« Bennie verstummte eine Weile und ich sah mich um. Betrachtete die Malereien an der Decke und bewunderte die feinen Verzierungen. Als Bennie nach meiner Hand griff, zuckte ich zusammen, so unerwartet kam es.

»Nachdem du von unserem ersten Kuss abgehauen bist und ich selbst durcheinander war, kam ich nach der Schule auch her und habe mir zum ersten Mal eingestanden, dass ich mich in dich verliebt habe.« Bennie sprach leise, aber er flüsterte nicht.

»Bist du religiös? Ich meine, glaubst du an Gott?«, fragte ich ihn ebenso leise nach einigen Minuten und ging nicht auf sein Geständnis ein. Auch wenn er mir schon gesagt hatte, dass er sich ebenfalls in mich verliebt hatte, so war es etwas anderes zu erfahren, wo er es sich eingestanden hatte. Dadurch wurde es noch einmal größer.

»Ich weiß es nicht. Meine Eltern sind Atheisten, aber sie haben sich trotzdem mit mir und dem Thema Religion und den verschiedenen Glaubensrichtungen auseinandergesetzt. Sie hätten auch kein Problem damit, sollte ich mich irgendwann doch noch mal einer Religion zuwenden.«

Darüber musste ich nachdenken. Glaubte ich an Gott? Ich war getauft und konfirmiert. Bei der Taufe hatte ich keine Wahl und zur Konfirmation war ich gegangen, weil es erstens fast alle aus meiner Klasse gemacht hatten und zweitens, weil meine Eltern es wollten. An Weihnachten ging ich wie alle anderen auch in den Gottesdienst. Ich sah es immer nur als ein notwendiges Übel an.

»Aber haben die in der Kirche nicht etwas gegen Schwule? Steht da nicht irgendetwas Blödes in der Bibel?«

»Keine Ahnung, ich habe mich damit noch nicht so auseinandergesetzt und ob die Kirche etwas gegen«, er warf mir einen Blick zu, »queere Menschen hat, ist glaube ich auch völlig unterschiedlich von Gemeinde zu Gemeinde.«

»Diese Kirche ist auf jeden Fall schön, auch wenn sie so alt ist«, verschob ich das Thema etwas. »Oder vielleicht auch gerade deshalb«, sagte ich. Wir saßen einige Zeit schweigend da. Bennie hielt noch immer meine Hand. Obwohl die vielen Farben und die Ruhe in der Kirche meine Kreativität in Gang setzten, wurde ich unruhig. Bennie lächelte und stand auf.

»Na komm, Michelangelo. Du kannst wieder nicht still sitzen. Lass uns ein Eis essen gehen, bevor ich dich gehen lassen muss.«

»Oh ja, ich lade dich auch ein.« Draußen vor der Kirche schaute ich sie mir noch einmal an. Ein Landschaftsmaler hätte bestimmt seine Freude an diesem Motiv.

»Verrate ihn nicht, meinen Lieblingsplatz. Den kennen noch nicht mal meine Eltern«, bat Bennie mich, als wir uns auf den Weg in die Eisdiele machten.

»Auf keinen Fall.« Es war eine Ehre für mich, dass Bennie mir seinen Platz gezeigt hatte, den anscheinend niemand sonst kannte. Am Ende der Wiese blieb ich stehen, zog Bennie an mich und küsste ihn.

»Danke für dein Vertrauen«, sprach ich gegen seine Lippen, als ich mich kurz löste, um ihn darauf noch einmal zu küssen. Er lächelte mich mit meinem Lächeln an und dann waren wir wieder in der Zivilisation angekommen und taten so, als wenn zwei Freunde zum Eisessen gehen würden.

Kapitel 14

»Hallo Mama, bin zu Hause und gleich bei Lukas«, rief ich beim Betreten des Flurs und zog mir die Schuhe aus. »Wo bist du? Schau dir deinen Sohn an, du hast nicht lange Zeit.«

Sie kam lachend aus dem Wohnzimmer.

»Wir sind im Garten. Komm essen, damit du wenigstens ein wenig gestärkt bist, bevor es wieder losgeht.« Ich folgte ihr. Ihre gerunzelte Stirn beim Anblick des T-Shirts entging mir nicht, aber ich sagte nichts dazu und auch sie enthielt sich jedweden Kommentars.

Ich war mir bereits sehr sicher, dass ich das T-Shirt auf jeden Fall heute Abend auf der Party anlassen würde. Es roch so schön nach Bennie. Vielleicht vergaß ich ja auch, es ihm wieder zu geben.

Lisa beobachtete mich die ganze Zeit beim Essen, was mich auf meinem Stuhl herumrutschen ließ. Würde sie die Frage nach der großen Unbekannten stellen oder wartete sie, bis wir unter uns waren? Garantiert platzte sie fast vor Neugierde. Vielleicht setzte sie auch darauf, dass ich mich durch ihr Starren verplapperte, aber den Gefallen würde ich ihr nie machen.

Ich achtete penetrant darauf, dass der Name Bennie nie fiel, denn ich traute mir nicht über den Weg. Garantiert würde ich mich durch Tonfall oder Erröten verraten. Doch ich war noch nicht so weit, meiner Familie mitzuteilen, dass ich einen Freund hatte. Dazu wusste ich einfach nicht, wie meine Eltern über das Thema dachten und ich hatte Angst davor, dass sie mich nicht akzeptieren würden. Kurz vor halb acht verabschiedete ich mich. Meine Mutter kam mir bis zur Tür hinterher.

»Bringst du mich jetzt zu Lukas?«, fragte ich sie amüsiert, während ich mir die Schuhe anzog. »Du solltest wissen, dass ich keine drei mehr bin und es schon ganz alleine schaffe.«

»Du Scherzkeks. Nein. Ich habe deine wärmere Jacke gewaschen und getrocknet. Du solltest sie mitnehmen. Nachts wird es schon merklich kühler.« Sie holte die Jacke aus dem Garderobenschrank und hielt sie mir hin. »Du weißt, dass du mit deinem Vater und mir immer über alles reden kannst, oder?«, fügte sie noch hinzu. Sie legte mir die Hände auf die Schultern und blickte mir eindringlich in die Augen. Ahnte sie etwas? Hatte ich mich doch verraten? Warum sonst hätte sie das jetzt sagen sollen? Ich schluckte.

»Ja, natürlich«, antwortete ich ihr, dann wandte ich mich zur Tür. »Bis morgen.« Ich trat ins freie und als die Tür hinter mir ins Schloss fiel, atmete ich erst einmal durch. Dieser kleine Satz hatte meinen Puls in die Höhe schießen lassen. Er kam aus dem nichts. Na gut, nicht ganz, ich war noch nie mit einem fremden T-Shirt hier aufgekreuzt oder hatte ohne es vorher anzukündigen bei einem Freund übernachtet.

Als ich mich etwas beruhigt hatte, ging ich zu Lukas. Ich wollte mir meine gute Laune nicht durch meine ewigen Ängste und Gedankenspiele verderben lassen, also dachte ich an die Nacht und den Tag mit Bennie und es zauberte mir wieder ein Lächeln auf die Lippen.

Lukas schaute mich nur einmal an und wusste sofort, was Sache war.

»Na, da hatte aber einer eine gute Nacht.«

»Ein Gentleman genießt und schweigt. Weißt du doch. Ich werde dir wie gehabt nie etwas erzählen.« Ich schubste ihn sachte von der Seite an, als wir auf dem Bürgersteig zu Leon gingen. »Nur weil du immer mit der Tür ins Haus fallen musst, müssen das nicht alle machen.«

»Also, wie war es in dem Club?«, wechselte er das Thema. »Machen da alle miteinander rum? Laufen da auch Heteros rum? Nimmst du mich mal mit?«, quetschte er mich als Nächstes aus. Ich schilderte ihm lebhaft vom Club und was ich dort erlebt hatte.

»Denk dran, verplappere dich heute bloß nicht«, erinnerte ich ihn, bevor wir bei Leon ankamen.

»Ehrlich jetzt?« Er blieb stehen und sah mich stirnrunzelnd an. »Mich ermahnst du? Die müssen dich nur ansehen und wissen, dass du letzte Nacht Spaß hattest. Du grinst wie ein Honigkuchenpferd.«

Gegen zehn brachen wir alle auf zur Party, auf der mal wieder nur Schlager gespielt wurden. Spätestens bei Helene Fischer flüchtete ich in die Küche und positionierte mich neben dem Kühlschrank. Anders konnte ich den Abend nicht überstehen. Außerdem konnte ich so in Ruhe vor den anderen in meinen Erinnerungen schwelgen.

»War ja klar, dass du auch da bist«, holte mich eine wohlbekannte Stimme zurück in die Realität. Ayleen stand in der Tür. Natürlich mit ihrem Schatten im Schlepptau, die mich mit einem bösen Blick fixierte. Glaubte sie etwa, dass ich so von der Bildfläche verschwand?

Ich verdrückte mich in eine Ecke der Küche und bot ihr wortlos mit einer Hand Richtung Kühlschrank deutend den Platz an. Ich wollte keinen Streit provozieren, immerhin war ich der Grund für ihre Traurigkeit. Sie ignorierend holte ich mein Handy hervor und tat so, als ob ich eine interessante Nachricht erhalten hatte. Aber jetzt, wo ich es sowieso schon in der Hand hatte, könnte ich Bennie auch schreiben. Er antwortete sofort und somit war ich für die nächste halbe Stunde beschäftigt und bekam nichts um mich herum mit.

»Hier bist du«, riss mich Lukas Stimme aus meinen Gedanken. »Was verkrümelst du dich in der Küche? Wir sind zum Feiern hier.« Lukas kam auf mich zu und schaute auf mein Handy. Ich versuchte, es in Sicherheit zu bringen, aber er hatte gesehen, dass ich mit Bennie geschrieben hatte.

»Dich hat es echt erwischt. So habe ich dich noch nie erlebt.«

Entschuldigend zuckte ich mit den Schultern, während ich ein »Sorry« murmelte. Er brachte ein Schnauben zustande und zog mich mit zu den anderen.

Aber so richtig Stimmung wollte bei mir nicht aufkommen. Zwischendurch checkte ich ständig mein Handy, ob nicht noch eine Nachricht von Bennie eingetrudelt war.

Ob Bennie wohl schon schlief? Oder guckte er vielleicht eine Serie? Räumte er auf, bevor seine Eltern kamen? Eventuell telefonierte er auch mit einem Kumpel. Wer war überhaupt sein bester Freund? Hatte er einen? Oh mein Gott, ich wusste nicht, wer das war. Sofort setzte ich mir im Gedächtnis ein Memo, ihn das zu fragen. Es gab noch so viel, das ich nicht von ihm wusste.

Als Lukas mich das hundertste Mal anstupste, weil ich auf

eine Frage nicht reagierte, beschloss ich, dass es Zeit war zu gehen. Ich verabschiedete mich von meinen Freunden und verließ die Party. Meine Füße trugen mich wie von alleine zu Bennie. Als ich vor seiner Tür stand, rief ich ihn an.

Bitte schlaf noch nicht, sondern geh ran, betete ich inständig. Ich wusste mittlerweile, dass er sein Handy auf lautlos stellte, wenn er schlief, damit er nicht geweckt wurde.

»Hey, ist der Schlager so schlecht, dass du den Saft abgedreht hast? Ich höre nichts«, ging er nach dem fünften Klingeln ran. Klang aber schon ein wenig verschlafen.

»Könnte daran liegen, dass ich vor deiner Haustür stehe. Lässt du mich rein?« Ich hatte nicht mal ganz ausgesprochen, da hatte er aufgelegt und als ich das Handy in meiner Hosentasche verstaut hatte, öffnete sich schon die Tür. Bennie, nur in einer eng sitzenden Unterhose bekleidet, zog mich lächelnd ins Haus. Wir bekamen heute anscheinend beide das Strahlen nicht mehr aus unserem Gesicht. Meiner Mutter schrieb ich mal wieder, dass ich bei einem Freund übernachtete.

Kapitel 15

Am Montag in der Schule fiel es mir unheimlich schwer, vorzuspielen, dass Bennie nur ein guter Freund war. Das Wochenende war der Hammer gewesen und ich wünschte mich wieder in unsere Zweisamkeit zurück, in der es nur ihn und mich gab.

Allerdings musste ich zugeben, dass es meine eigene Schuld war, dass wir in dieser Situation steckten und es auch anders hätten haben können. Immerhin kam ich nicht dazu, weiter darüber nachzudenken, denn Lukas sprach ununterbrochen von meiner Geburtstagsplanung. Ich hatte schon fast das Gefühl, es handelte sich nicht nur um einen Abend, sondern um eine ganze Woche.

Die heiße Phase der Planung begann nun, wie Lukas es ausdrückte, und er hatte alle eingespannt. Bennie, meine Eltern, Lisa und mich. Jeder bekam einen Zettel mit Aufgaben, die bis zu einem bestimmten Zeitpunkt erfüllt werden mussten. Er kontrollierte penibel jeden von uns, ob er auch genau im Zeitplan war. Wir kamen uns alle vor wie Soldaten, die stramm zu stehen hatten, wenn der General auf den Exerzierplatz kam und spotteten liebevoll darüber.

Meine Mutter und ich mussten mit Lukas einkaufen gehen. Meine Eltern schenkten mir die Party zum Geburtstag. Mir war im Vorfeld nicht klar gewesen, wie anstrengend es werden würde. Bei jedem Artikel stritten sie sich um die Menge und ob er nötig war. Lukas wollte mehr Chips, mehr hiervon, mehr davon.

Wie gut, dass die Getränke, das Fleisch und die Salate von einem Caterer zusammengestellt wurden, ansonsten wäre der endgültige Kriegszustand zwischen den beiden ausgebrochen und Lukas hätte Zutrittsverbot bei uns erhalten. Nach fast zwei Stunden waren sie sich endlich einig und wir konnten zur Kasse gehen.

Freitagabend waren Lukas und auch Bennie bis spät in die Nacht da für die Vorbereitungen und Dekorationen. Hätte meine Mutter sie nicht irgendwann rausgeschmissen, hätte Lukas nie aufgehört.

Ich war ziemlich stolz auf mich, dass ich Bennie meinen Eltern hatte vorstellen können, ohne rot zu werden oder mich durch eine verdächtige Handbewegung oder Tonlage verraten zu haben.

Allerdings ging ich Bennie, so weit es möglich war, aus dem Weg und zwang mich dazu, nicht ständig zu ihm hinzusehen. Das strengte mich fast mehr an als die Vorbereitungen selbst. Sobald meine Mutter, mein Vater oder Lisa mich ansprachen, schrak ich aus Angst zusammen sie hätten doch etwas gemerkt und würden mich jetzt beschimpfen.

Als ich endlich allein in meinem Zimmer war, fiel ich völlig erschöpft ins Bett und schlief sofort ein.

Am Samstagmorgen stand Lukas um acht Uhr wieder vor der Tür. Da mein Vater ein Frühaufsteher und bereits seit zwei Stunden wach war, ließ er ihn rein, aber nicht zu, dass irgendwer von der restlichen Familie geweckt wurde.

Allerdings war ich schon seit einer Stunde wach vor lauter Aufregung, hatte zig Nachrichten an Bennie geschrieben, noch keine Antwort erhalten, mich leise angezogen und ging hinunter.

»Da ist ja das Geburtstagskind. Komm her«, begrüßte mein Vater mich, als ich in die Diskussion zwischen ihm und Lukas platzte. Mein Vater drückte mich fest an sich.

»Herzlichen Glückwunsch, mein Sohn. Kaum zu glauben, dass du schon achtzehn bist.«

»Papa, du erdrückst mich«, presste ich an seiner Schulter hervor und er ließ mich los. »Danke«, murmelte ich tief luftholend und meinte damit sowohl die Glückwünsche als auch, dass er mich am Leben gelassen hatte. Trotzdem freute ich mich sehr darüber.

»Von mir auch. Alles alles Gute zum Geburtstag.« Nun umarmte Lukas mich, ließ mich aber schneller los, als mein Vater. »Dein Geschenk kommt später. Wir müssen erst die Party fertig gestalten.«

Mit mir im Schlepptau machte Lukas weiter. Um elf kam Bennie, der mich zur Feier des Tages in den Arm nahm und gratulierte. Mein persönlicher Spießrutenlauf, von dem keiner in meiner Familie etwas ahnte, begann von neuem.

Jetzt war der Garten dran. Lukas war voll in seinem Element. Er sollte Partyplaner werden und hatte es echt drauf. Gegen Mittag waren wir fertig und Lukas zufrieden. Ein Aufatmen ging durch die ganze Familie und meine Mutter lud Lukas und Bennie zum Mittagessen ein. Sie hatte Brot und Aufschnitt aufgetischt, dazu eine kleine Geburtstagstorte.

»Lasst uns noch auf dein Zimmer gehen«, schlug Lukas nach dem Essen vor. »Da können wir noch quatschen, bevor es losgeht.«

»Gute Idee«, ging ich auf den Vorschlag ein. Dann konnte ich wenigstens ein bisschen Zeit mit Bennie verbringen, ohne dass wir unter Beobachtung standen.

»Aber nicht zu lange. Oma und Opa kommen noch«, ermahnte meine Mutter mich und ich nickte ergeben.

»Nur eine Stunde, Mama.« Wir nahmen jeder ein Stück Kuchen mit und zogen uns zurück. Lukas räumte sich den Schreibtischstuhl frei, während Bennie und ich uns aufs Bett setzten.

»So, jetzt macht schon. Ich gucke auch weg, damit ihr ein wenig Privatsphäre habt.« Lukas drehte sich mit dem Stuhl im Kreis und schmunzelte.

»Was ist mit unserer Paarregelung?«, fragte ich ihn. Bennie aß seinen Kuchen und hörte nur zu.

»Ach, die vergiss mal kurz.« Lukas winkte ab. »Heute ist dein Geburtstag und ich wette, ihr habt euch seit gestern Nachmittag nicht mehr geküsst. Aber es wäre bestimmt auffällig gewesen, wenn du jetzt nur mit Bennie hochgegangen wärst.« Lukas drehte sich weiter auf dem Stuhl, dann hielt er mit dem Rücken zu uns inne und aß seinen Kuchen. »Jetzt knutscht endlich. Wir haben nicht ewig Zeit.«

In diesem Moment hätte ich Lukas gerne umarmt, aber sein Angebot war viel zu verlockend. Ich sah zu Bennie, der die Augenbrauen hob und mit den Schultern zuckte.

»Seid ihr immer so leise oder habt ihr noch gar nicht angefangen?«, fragte Lukas kauend, der extra laut mit der Gabel klapperte und ich lachte. Dann nahm ich Bennies Teller und stellte ihn mit meinem auf dem Nachttisch ab. Ich zog ihn zu mir und küsste ihn. Nicht so, wie wenn wir alleine gewesen wären und sehr sittsam im Sitzen, aber es war wie eine Befreiung, das endlich machen zu können. Ihm nah zu sein ohne Angst zu haben, erwischt zu werden.

»Kannst dich umdrehen, wir sind fertig.« Ich kuschelte mich an Bennie, reichte ihm seinen Kuchen und aß endlich auch meinen. Den Rest der Stunde quatschten wir über die Schule und Fußball. Als meine Großeltern ankamen, scheuchte meine Mutter Lukas und Bennie nach Hause.

Aber um sechs Uhr stand Lukas wieder vor der Tür. Geduscht und gestylt. Er wollte bei den letzten Vorbereitungen selbst Hand anlegen. Grill anschmeißen und Musik fertig zusammenstellen. Ich hatte mich zu Schlagern überreden lassen und bereute es jetzt schon, obwohl sie noch nicht mal liefen. Meine Großeltern verabschiedeten sich und wünschten uns eine tolle Feier.

Nun stand ich in meinem Zimmer und durchwühlte meine Wäsche. Meine Mutter hatte mir gestern frischgewaschene Klamotten hochgebracht. Inklusive der Sachen von Bennie. Sie lagen auf meinem überquellenden Schreibtisch wie ein Mahnmal. Ich hätte sie Bennie vorhin mitgeben können, hatte aber Angst, dass es auffiel. Dabei wäre es wahrscheinlich gar nicht schlimm gewesen.

Mein Blick schweifte zwischen Schrank und den T-Shirts von Bennie hin und her. Ich nahm eines der beiden in die Hand und roch daran. Sein Geruch war verschwunden. Es duftete nach dem Waschmittel meiner Mutter, aber das war mir egal. Es war ein T-Shirt von Bennie. Kurzentschlossen zog ich es an, darunter ein Longshirt, damit es nicht zu kalt wurde. Ich hatte zwar absolutes Glück mit dem Wetter, tagsüber war es noch einmal richtig schön warm geworden, aber sobald die Sonne verschwunden war, wurde es kühler.

Langsam trudelten die ersten Gäste ein und Lukas rief mich herunter, damit sie mir gratulieren konnten und die Party nicht ohne Gastgeber begann. Einer von den Ersten war Bennie.

»Das Shirt kenne ich«, flüsterte er mir zu, als wir kurz alleine im Wohnzimmer standen. Ich grinste.

»Kann gar nicht sein. Das ist ganz neu und ich hatte es erst einmal an.«

Er grinste und schüttelte den Kopf. »Hier, ich habe noch ein kleines Geschenk für dich.« Er reichte mir ein längliches Päckchen und ich riss sofort das Geschenkpapier ab. Es war ein teurer Zeichenblock mit gutem Papier und einem Satz neuer Stifte. Auch diese nicht irgendwelche, sondern nur die Besten. Ein kleiner Schatz, der mir viel bedeutete. Ich hätte ihn auf der Stelle küssen können vor Freude.

»Das ist nicht nur ein kleines Geschenk. Das ist ein richtig Gutes und Teures. Vielen Dank, du kannst dir gar nicht vorstellen, wie sehr ich mich darüber freue.«

»Was hast du da?«, störte Lisa uns und bewahrte mich davor, zu rührselig zu werden. Trotzdem verfluchte ich sie gleichzeitig. Wann hatte ich wohl die Gelegenheit, mich bei Bennie für diese Überraschung ordentlich zu bedanken?

»Nur neue Dinge zum Zeichnen«, wimmelte ich sie ab und brachte beides sofort in meinem Zimmer in Sicherheit. Ich legte es zu Bennies Sachen und strich noch einmal darüber, bevor ich mich wieder zu meinen Partygästen begab.

Lukas kam kurz darauf auf mich zu.

»Kannst du eben das Grillfleisch holen? Die Kohlen sind gleich durch«, bat er mich. »Ach, und denk an die Salate.«

»Ich helf dir«, bot Bennie an, der neben mich getreten war.

In der Küche waren wir alleine, da sie absolutes Sperrgebiet war. Meine Mutter wollte nicht, dass ihre erst zwei Jahre alte Küche eventuelle Schäden davon trug. Ich fragte mich zwar, was sie erwartete, hatte es aber ohne zu murren akzeptiert. Es gab draußen auf der Terrasse einen Kühlschrank für die Getränke, an dem sich jeder bedienen konnte. Meine Eltern hatten sich in ihr Schlafzimmer verzogen und würden nur zum Essen kurz dazukommen. Die Wanne für das Fleisch stand bereit, ich musste es nur noch reinlegen. Als das erledigt war, zog Bennie mich in eine Umarmung.

»Jetzt, wo wir endlich mal alleine sind, will ich dir richtig zum Geburtstag gratulieren, Michelangelo.« Er küsste mich und aus einem anfänglich einfachen Kuss wurde eine kleine Knutscherei.

»Lukas sagte, ich soll euch bei den Sal...« Lisa betrat die Küche und brach ab, als sie Bennie und mich sah. Erschrocken stieß ich Bennie von mir und trat zusätzlich einen Schritt zurück. Schlagartig hatte mein Puls sich erhöht und der Schweiß brach mir aus.

»...aten helfen.« Lisa erwachte aus ihrer Starre.

»Lisa, ich ...«

Ich wusste nicht, was ich sagen sollte. Die Situation war

eindeutig und jede Ausrede unglaubwürdig. Ich öffnete den Mund und schloss ihn wieder. Bennie hatte sich gefangen und wollte zu mir kommen, doch ich schüttelte den Kopf und er blieb stehen.

Dann kam Leben in Lisa.

»Das ist die große Unbekannte?«, rief sie aus und stemmte die Hände in die Hüften. »Bennie? Der gut aussehende Typ aus deiner Parallelklasse, auf den alle Mädchen von der zwölften abwärts stehen?« Sie ließ einen Schrei los. Bennie und ich zuckten zusammen, hatten nicht damit gerechnet, dass sie so durchdringend schreien würde. »Dann stimmen die Gerüchte also doch.«

Welche Gerüchte? Über Bennie und mich? Wurde über uns getratscht? Die Gedanken rasten durch meinen Kopf und ich konnte sie nicht abstellen. Wussten schon alle Bescheid?

»Du bist wirklich schwul, Bennie. Warum sind es eigentlich immer die Guten?«

Irritiert blickte ich auf. Hatte Lisa etwa gar kein Problem damit, dass ich Bennie geküsst hatte, sondern weil sie eventuell selbst auf ihn stand?

Plötzlich stürmten meine Eltern in die Küche.

»Was ist passiert? Warum schreist du so Lisa?«, fragte meine Mutter atemlos mit besorgtem Unterton.

Jetzt erzählte Lisa es ihnen. Ich hielt die Luft an. Vor meinen Augen spielten sich schon die nächsten Minuten ab, sodass ich kaum mitbekam, was Lisa sagte. Gleich würde es so weit kommen und ich hatte keine Möglichkeit, es abzuwenden.

»Ich habe gerade gesehen, wie ...«

»Eine Spinne über den Fußboden gelaufen ist«, unterbrach Bennie sie.

»Was?« Irritiert guckte sie Bennie an. »Da war keine Spinne. So ein Quatsch. Micha und ...«

»Lisa, komm bitte mit raus«, bat mein Vater sie.

»Aber, Papa, ich habe ...«

»Raus, Lisa, jetzt«, sagte er mit dem typischen Ich-habe-hier-das-Sagen-Ton, den wir beide sehr gut kannten und dem man besser nicht widersprach. Auch wenn ich ihn schon lange nicht mehr gehört hatte.

Meine Mutter musterte mich, dann Bennie. Sie sagte nichts. Lisa folgte meinem Vater wortlos aus der Küche in den Flur. Ich ging zur Spüle, stützte mich am Waschbecken ab und sah auf die kleine Spiegelung von mir im Wasserhahn. Ich konnte nicht fassen, was gerade passierte, wollte doch einfach nur meinen Geburtstag feiern. Bennie stellte sich neben mich, berührte mich aber nicht, trotzdem half es mir so unendlich, während ich versuchte, mich zu beruhigen und wieder einen klaren Gedanken zu fassen. Mein Puls hämmerte im Hals hart und schnell. Eine Erfahrung, die ich bisher noch nie gemacht hatte. Die Angst schnürte mir die Kehle zu und das Atmen fiel mir schwer. War das jetzt mein Untergang?

Einatmen, ausatmen, einatmen, ausatmen. Sie würden mich nicht umbringen, wenn Lisa es ihnen erzählt. Es waren noch immer meine Eltern. Mehr als rausschmeißen könnten sie mich nicht. Irgendwo würde ich eine Bleibe finden, wiederholte ich in Gedanken wie ein Mantra.

Wir hörten vom Flur, wie mein Vater mit Lisa sprach, so leise war es in der Küche. Die Musik aus dem Garten schallte nicht bis hierhin. Er war nicht laut, trotzdem verstanden wir jedes einzelne Wort.

»Lisa, ich sage es dir nur dieses eine Mal. Wenn dein Bruder uns irgendetwas aus seinem Leben mitteilen möchte, dann macht er das selbst. Und zwar dann, wenn er so weit ist und so wie er es will. Es ist sein Leben, und sein Vorrecht darüber zu entscheiden, welche Dinge er mit uns teilen möchte und welche nicht. Haben wir uns verstanden?«

Wahrscheinlich war ihm nicht bewusst, dass wir ihn hörten, aber seine Worte ließen mich aufhorchen. Wussten sie etwa Bescheid? Das, was er eben zu Lisa gesagt hatte, klang auf jeden Fall danach. Außerdem fiel mir die Versicherung meiner Mutter wieder ein, dass ich über alles mit ihnen reden könnte. War es in Ordnung für sie, wenn ich einen Freund hatte und keine Freundin? Mein Vater kam mit Lisa zurück in die Küche und ich sah mich zu ihnen um.

»Also Lisa, wo ist die Spinne, damit ich sie rausbringen kann?«, versuchte er so fröhlich wie möglich zu klingen. Lisa spielte das Theater mit, und zeigte auf eine Ecke in der Küche. Dabei zog sie eine beleidigte Schnute.

Bennie achtete nicht sehr auf meine Familie. Sein Blick ruhte fast ununterbrochen auf mir.

»Na, wenn jetzt alles geklärt ist, können wir wieder hochgehen, Reiner«, meinte meine Mutter, ebenfalls bemüht um einen fröhlichen Ton.

Ich sah zu Bennie, der mir zunickte. Die Augen schließend, holte ich einmal tief Luft, drehte mich um und sah zu meiner Familie.

»Wir sollten uns nicht beim Theater bewerben«, bemerkte ich. »Wir sind miese Schauspieler.« Ich atmete noch einmal tief ein. Mein Mund war wie ausgedorrt und meine Hände schweißnass. Mach es genau wie beim Pflaster abreißen, schnell und kurz.

Bennie trat einen Schritt näher zu mir. Ich war mir seiner Körpernähe so unglaublich bewusst. Hörte das wohl nie auf? Meine Eltern und Lisa schauten mich gespannt an. Mein Herz wummerte wie verrückt. Ob sie es alle hören konnten?

»Also, ähm, es ist so, ...« Pflaster, Michael, ermahnte ich mich. Bennie legte mir sanft eine Hand in den Rücken und schlagartig fühlte ich mich sicher. Ganz egal, was passierte, er war da.

»Bennie ist mein Freund«, stieß ich hervor. Pflaster war ab. Ich griff auf meinem Rücken nach Bennies Hand und verhakte meine Finger mit seinen. Er drückte sie kurz und trat einen kleinen Schritt vor, sodass ich mich anlehnen konnte.

Keiner sagte etwas. Es herrschte Mucksmäuschenstille im Raum. Schreit mich doch wenigstens an, aber nicht diese verdammte Ruhe, flehte ich innerlich. Das war schlimmer als alles andere.

Auf dem Gesicht meiner Mutter zeichnete sich ein breites Lächeln ab.

»Sehr schön. Ich bin Sibille und das ist Reiner.« Sie deutete auf meinen Vater und hielt Bennie ihre Hand hin.

Mit großen Augen und offenen Mund starrte ich meine Mutter an.

»Warum stellst du euch vor? Ihr habt euch doch gestern schon kennengelernt?«, fragte ich und begriff noch nicht ganz, dass das große Donnerwetter ausgeblieben war. Stattdessen reagierten meine Eltern so wie immer, wenn ich ihnen mal eine Freundin von mir vorgestellt hatte.

»Na ja, nicht so wirklich. Heute hast du uns richtig vorgestellt und ich sehe es als Vorrecht deiner Mutter an, mich deinem Freund vorzustellen.« Sie wandte sich ab und mein

Vater schüttelte nun auch Bennie die Hand. Lisa war ebenso verdutzt wie ich. Ich wollte etwas sagen, aber mein Kopf war leer. Mein Gehirn versuchte mir klarzumachen, dass alles gut war und meine Ängste völlig unnötig gewesen waren.

»Da wir das endlich geklärt haben, habe ich noch ein kleines Geschenk für dich. Ich war mir nicht sicher, wie lange ich es würde aufbewahren müssen.« Sie öffnete den Küchenschrank mit ihren Backutensilien, an den keiner von uns anderen freiwillig ranging, und holte ein kleines eingepacktes Päckchen hervor.

»Ich nehme an, du bleibst nun über Nacht hier? Trinkst du Kaffee? Dann mache ich morgen früh mehr.«

Was ging hier ab? Woher haben sie über mich und Bennie Bescheid gewusst? Sie reagierten so gelassen, damit hatte ich nicht gerechnet. Aber langsam fuhr meine Denkmaschine wieder hoch und ich konnte klardenken.

»Papa, ich glaube kaum, dass wir so früh aufstehen werden«, wandte ich ein und betrachtete skeptisch das Päckchen in der Hand meiner Mutter.

»Tja, ich nehme an, ich werde wohl hierbleiben. Das wurde gerade entschieden.« Bennie lachte leise und streichelte mit dem Daumen über meinen Handrücken.

»Wie gut, dass ich gestern die Wäsche gewaschen habe«, sagte meine Mutter lachend. »Ich nehme an, die fremden Socken, Unterhosen und T-Shirts sind von dir.« Sie kam auf mich zu und drückte mir das Päckchen in die Hand. Ich ging zum Küchentisch und packte es aus.

Als ich die Dinge in der Hand hielt, schaute ich meine Eltern entgeistert an. Das konnte doch nicht wahr sein. Wahrscheinlich nahm mein Gesicht eine puterrote Färbung an.

»Echt jetzt?«, fragte ich sie, die grinsend dastanden.

»Verdammt, Micha, wo bleibst du denn mit dem Grillfleisch? Musst du das Tier erst schlachten?«, vernahmen wir da Lukas Stimme. Als er den kleinen Auflauf in der Küche sah, begriff er sehr schnell, was vorgefallen war. Dann sah er die Sachen in meiner Hand und lachte laut.

»Was machst du denn mit dem Gleitgel und den Kondomen in der Hand?« Er bog sich bereits vor Lachen. Auch Bennie konnte sich ein Grinsen nicht verkneifen.

War ich der Einzige, dem das peinlich war?

»Das habe ich eben von meinen Eltern geschenkt bekommen«, antwortete ich.

»Du bist doch nicht sechzehn geworden. Da hast du doch schon eine Packung Kondome bekommen«, brachte Lukas mühsam hervor.

Lisa beobachtete alles und auch in ihrem Gesicht breitete sich ein Grinsen aus.

»Das ist doch ganz einfach zu erklären. Als Micha sechzehn wurde, wussten wir nicht, dass er schwul ist oder zumindest auch auf Jungs steht. Also bekommt er diese Ausrüstung heute«, erklärte meine Mutter uns. Lisa nahm mir das Gleitgel aus der Hand.

»Analgleitgel und Kondome, die ‚extra strong‘ sind. Aha.«

»Lach nur, an deinem sechzehnten Geburtstag werde ich lachen, wenn du deine ersten Kondome und Leckerlis bekommst«, fauchte ich sie an. Bennie versuchte immerhin, sich das Lachen zu verkneifen.

»Seit wann wisst ihr Bescheid?«, schaffte ich es endlich zu fragen.

»Vor einigen Wochen bist du nach einer Party mit Bennie

Händchen haltend hier angekommen«, erklärte meine Mutter. »Ich war auf dem Weg zur Toilette und schaute nur durch Zufall aus dem Flurfenster, als ich euch sah. Na ja, und als ihr euch umarmt habt und Bennie dir einen Kuss gab, war mir einiges klar. Daraufhin habe ich mit deinem Vater gesprochen und wir waren uns einig, dich nicht darauf anzusprechen.« Sie fuhr mir mit der Hand durch die Haare und ausnahmsweise zog ich den Kopf nicht beiseite, wie sonst immer.

»Wir wollten dich nicht noch mehr durcheinander bringen oder sogar unter Druck setzen. Aber mir wurde in dem Moment klar, warum du dich zurückgezogen hattest, schlecht gelaunt und in dich gekehrt warst. Du hast mit dir gekämpft und da musstest du leider alleine durch. Wie gerne hätte ich dir geholfen, aber du hättest es nur abgeblockt.« Ihr mitfühlender Gesichtsausdruck änderte sich in einen strahlenden und sie blickte mich so liebevoll an, wie es nur eine Mutter konnte. »Ich bin froh, dich endlich so glücklich zu sehen.«

»Tja, Bennie, da du ja hier übernachtest, solltest du wissen, dass es zu deinen Pflichten gehört, beim Aufräumen zu helfen«, ertönte Lisas Stimme. Ich hörte nicht richtig hin, sondern umarmte meine Mutter.

»Warum gehört aufräumen zu meinen Pflichten?«, fragte Bennie leicht verwirrt und blickte zwischen Lisa und mir hin und her.

Ich löste mich von meiner Mutter und umarmte meinen Vater. Lukas hatte sich mittlerweile das Grillfleisch geschnappt und war wieder verschwunden. Ich wandte mich Bennie zu, weil Lisa ihn nur grinsend ansah.

»Als mein Freund«, meine Güte hörte sich das gut an, »hast du gewisse Rechte und Pflichten in diesem Haushalt. Das hängt seit zwei Jahren am Kühlschrank.« Ich zeigte auf ein DIN-A4-Blatt, das genau in der Mitte der Tür prangte. »Da gehört dazu, dass Freundinnen oder Freunde …«

»Wir können Freundinnen streichen. Ich werde definitiv einen Freund haben«, unterbrach mich meine Schwester.

»Also, Freunde« betonte ich das Wort in ihre Richtung, »die hier übernachten oder sich allgemein in diesem Haus aufhalten, jegliche Räumlichkeiten so zu hinterlassen haben, wie sie sie vorgefunden haben. Sie dürfen jeden Raum nutzen, bis auf das Arbeitszimmer meines Vaters und ab dem Moment, wo der Freund das erste Mal hier übernachtet, ist der Besitzer des Bettes für die Bettwäsche selbst verantwortlich. Das heißt ab heute muss ich mein Bett selbst ab- und beziehen, Bettwäsche waschen und trocknen«, klärte ich Bennie auf. Er ging zum Kühlschrank und schaute sich die Regeln genauer an.

»Tatsache, das steht da. Aber dafür werde ich hier mit verpflegt.« Er tippte auf einen der Punkte. »Kann Kaffee trinken so viel ich will.« Fragend drehte er sich zu mir um. »Ähm, Michelangelo, ist das da ein Bett neben dem Absatz mit dem Übernachten?«

»Jepp, gut erkannt«, stimmte ich ihm zu.

»Hast du auf das Laken wirklich das gezeichnet, was ich vermute, was du da gezeichnet hast?«, fragte er mit hochgezogenen Augenbrauen und zeigte auf die kleinen Punkte. Ich grinste ihn an.

»Jepp, genau das ist es.« Meine Familie gluckste bei Bennies Anblick. Meine Eltern klopften mir auf die Schulter und verließen daraufhin die Küche, um uns alleine zu lassen.

»Wir sollten mal mit den Salaten in den Garten und feiern.« Lisa schnappte sich eine Schüssel und verschwand.

Mann, war ich in Hochstimmung. Die wichtigsten Leute in meinem Leben wussten Bescheid und ich brauchte mich nicht mehr zu verstecken. Mal wieder hatte ich das Gefühl zu schweben und blickte sicherheitshalber auf den Boden, ob meine Füße dort fest standen. Ich fühlte mich ohne den Stein auf meinem Herzen direkt um einige Kilos leichter.

»Danke dir«, sagte ich zu Bennie, als wir alleine waren, nahm ihn in den Arm und hätte am liebsten vor lauter Erleichterung weinen können.

»Wofür?«, fragte er und strich über meinen Rücken.

»Dass du da warst.« Ich vergrub mein Gesicht in seiner Halsbeuge.

»Klar. Glaubst du etwa, ich lass dich da alleine durch? Da hau ich doch nicht ab.« Er küsste mich auf die Haare.

Nun sammelten sich doch Tränen in meinen Augen, aber ich blinzelte sie hinunter, küsste Bennie noch einmal und löste mich von ihm. Bennie hielt mich allerdings an den Schultern zurück, als ich nach einem Salat greifen wollte.

»Hey, ich freue mich sehr für dich, dass es so gut gelaufen ist. Trotzdem erwarte ich nicht von dir, dass du es nun der ganzen Welt verkündest.« Er stupste meine Nase an, wie er es so gerne machte, wenn wir kuschelten. Er fand, so eine süße kleine Nase wie meine, brauchte einfach Aufmerksamkeit. »Weiterhin gilt, dein Tempo. Das eben war einfach unglücklich und blöd gelaufen, ganz egal, wie es ausgegangen ist.«

Ich hatte bestimmt den besten Freund der Welt. Garantiert und in diesem Moment war ich mir zu Hundertprozent sicher, ihn nie wieder herzugeben. Außerdem sorgte er mit seinen Worten nur dafür, dass mir wieder die vermaledeiten Tränen kamen. Ich konnte nichts sagen, nickte nur und küsste ihn ungestüm. Ob ich meine Gäste nach Hause schicken könnte, um den Abend nur mit Bennie zu verbringen? Aber das wäre garantiert unhöflich. Seufzend ließ ich ihn endgültig los.

»Wenn wir nicht endlich mit den Salaten in den Garten gehen, taucht Lukas wieder hier auf und schimpft mit uns«, meinte ich, als ich mir meiner Stimme sicher war.

»Dann mal los. Lass uns feiern.«

Wir brachten die Salate in den Garten und mischten uns zwischen die Feiernden. Und obwohl ich eben noch mit Bennie alleine sein wollte, freute ich mich trotzdem, dass so viele mit mir meinen Geburtstag feiern wollten. Das Einzige, was mich ein wenig störte, waren die Schlager. Aber immerhin konnte ich durchsetzen, dass nur zwei Lieder von Helene Fischer gespielt wurden und die waren bereits vorbei. Ich hatte sie direkt am Anfang haben wollen.

Ich war ständig unterwegs, um mich mit meinen Gästen zu unterhalten und zu meiner Freude waren alle gekommen, die ich eingeladen hatte. Vor dem Tanzen konnte ich mich bis jetzt erfolgreich drücken.

Die weiblichen Singles flirteten mit mir, aber ich wimmelte jede ab. Wenn ich zu Bennie schaute, erkannte ich, dass es ihm nicht anders erging. Die Mädels waren alle froh, den Einsiedler endlich auf Partys zu treffen und ließen nicht locker. Ich beobachtete eine Zeit lang, wie Marie aus meiner Klasse Bennie fast schon bedrängte. Er wurde sie einfach nicht los. Zwischendurch schaute er hilfesuchend zu mir. Ich zuckte grinsend mit den Schultern und wandte mich wieder den Jungs zu, bei denen ich stand.

Und dann hörte ich es. Die ersten Klänge meines Lieblingsliedes von Nirvana. Ich wusste, dass es nicht auf der Playlist stand. Ich drehte mich zur Anlage, neben der Bennie konzentriert auf den Laptop sah. Nebenbei versuchte er immer noch, Marie abzuwimmeln. Sie hing wie eine Klette an ihm.

Ich eilte zu Bennie, und als ich vor ihm stand, lächelte er mich an.

»Ich dachte an deinem Geburtstag hast du auch das Recht, deine Mu...« Weiter kam er nicht. Ich hatte seinen Kopf in meine Hände genommen und küsste ihn. Er brauchte einen Moment, aber dann erwiderte er den Kuss und legte seine Arme um mich.

Er schob seine Hände in meine hinteren Hosentaschen und drückte mich so näher an sich. Marie sog neben uns scharf die Luft ein und stapfte davon. Mir war das in diesem Moment egal. Es war mir auch völlig egal, dass wahrscheinlich alle Augen auf uns gerichtet waren. Ich wollte jetzt Bennie küssen. Es war noch genau so schön, wie beim ersten Mal. Ich würde definitiv nie genug davon bekommen. Als wir den Kuss beendeten, legte ich meine Hände auf seiner Brust ab. Sein Herz pochte ebenso schnell wie meines.

»Ich liebe dich, Kleiner«, sagte ich so leise, dass nur er es hören konnte. Und ich meinte es genau so. Es war das erste Mal, und wenn ich es mir recht überlegte, hatte ich es noch nie jemandem gesagt. Mal abgesehen von meinen Eltern, aber die zählten nicht.

Er lächelte mich mit meinem Lächeln an.

»Ich liebe dich auch«, gab er genauso leise zurück und küsste mich ein weiteres Mal. Dann ließ er mich los und schenkte seine Aufmerksamkeit wieder dem Laptop.

»So, ich muss jetzt noch die Playlist ein wenig überarbeiten. Geh tanzen.« Ich schmunzelte.

»Okay.«

Es war der allerbeste Geburtstag, den ich bisher hatte. Am liebsten hätte ich die Zeit angehalten. Als ich mich der Menge zuwandte, sah mich zwar manch einer komisch an, aber keiner sagte etwas Abfälliges. Stattdessen klopfte mir der ein oder andere auf die Schulter. Die Jungs aus meiner Klasse stürmten auf mich ein, warum ich denn nichts gesagt hätte und die Mädels versicherten mir, wie toll sie es fänden. Während alle auf mich einredeten und mit mir feierten, schweifte mein Blick immer wieder zum Boden, aber ich stand tatsächlich noch darauf. Die Schwerkraft hielt, was sie versprach, auch wenn es sich anders anfühlte.

Ich genoss die Party in vollen Zügen. Und das bis um halb fünf. Dann räumten Lukas, Bennie und ich noch das Gröbste auf. Den Rest würden wir am Nachmittag machen. Als wir auf dem Weg in mein Zimmer waren, trafen wir auf meinen Vater, der gerade aufgestanden war und uns eine gute Nacht wünschte.

Als wir im Bett lagen, brannten mir meine Fußsohlen. Das waren einige aufregende Tage. Bennie schlief fast augenblicklich neben mir ein. So ganz ließ ich ihn aber noch nicht.

»Sag mal Bennie, du willst doch nach dem Abitur studieren. Meinst du, du könntest damit ein Jahr warten? Ich hatte nämlich vorhin die Idee, dass wir mit einem Bulli durch Europa fahren könnten.« Ich streichelte über seine nackte Brust und küsste ihn zwischen den Brustwarzen. »Wir fahren dorthin, wo wir gerade Lust zu haben. Was sagst du dazu?«

»Mhm, gute Idee, aber erst muss ich schlafen, um näher drüber nachzudenken. Und du auch.« Er ruckelte sich zurecht. »Gute Nacht und träum von mir, Michelangelo.«

Ich schmunzelte und gab ihm noch einen Kuss, aber Bennie war schon eingeschlafen. Ich kuschelte mich an ihn. Konnte das Leben nicht einfach schön sein?

Kapitel 16

Am Montag vor der Schule war mir mulmig zumute. Auf meiner Party war nicht die gesamte Schülerschaft gewesen, sondern nur die Leute aus meiner Klasse und einige aus der Parallelklasse. Aber bestimmt hatte sich die Beziehung zwischen Bennie und mir schon herumgesprochen und die altbekannte Angst kroch wieder in mir hoch. Lukas bemerkte meine Befangenheit.

»Na komm schon, dir kann doch egal sein, was die anderen denken. Lebe einfach dein Leben. Es wird immer Blödiaten geben, die komisch gucken werden. Du und Bennie habt am Samstag allen gezeigt, was ein hollywoodreifer Filmkuss ist«, baute Lukas mich auf. Ich lächelte ihn dankbar an, trotzdem half es nicht. Gerade diese Blödiaten, wie Lukas sich so schön ausdrückte, machten mir zu schaffen. Ich würde für den Rest meines Lebens mit ihnen auskommen müssen.

Langsam begann ich zu begreifen, dass es nie nur das eine ganz große Coming-out geben würde, sondern immer wieder welche, solange ich mit Bennie zusammen war und mit keinem Mädchen. Aber ich wollte Bennie und sonst keinen anderen Menschen. Ich würde lernen, damit zu leben. Andere schafften es schließlich auch. Jedoch hätte ich gerne etwas später mit dem Lernen begonnen.

Am Eingang zum Schulvorhof blieb ich stehen und atmete tief ein. Lukas immer an meiner Seite.

»Wenn einer dir blöd kommt, gib Bescheid, der bekommt es mit mir zu tun«, sagte er mir zum bestimmt hundertsten Mal, seit wir uns heute Morgen auf den Weg zur Schule gemacht hatten.

»Das wird schon nicht passieren«, sprach ich mir selbst Mut zu. Neben dem Schuleingang stand wie jeden Morgen in den letzten Wochen Bennie und lächelte uns entgegen. Aber dieses Mal war er nicht alleine. Die Jungs und Mädchen aus unserer Clique standen bei ihm und ich war ihnen unendlich dankbar. Es war ihr wortloser Ausdruck, mir und auch Bennie zu zeigen: Ihr seid nicht allein, wir sind auch da.

Lukas und ich gingen zu ihnen. Aus den Augenwinkeln bekam ich mit, wie wir von allen Seiten beobachtet wurden. Es hatte also bereits die Runde gemacht. Vielleicht bildete ich es mir auch ein.

»Achte nicht auf sie«, sagte Lukas laut zu mir, als er sich zu mir beugte. Ich verdrehte die Augen. Wenn er flüstern wollte, sollte er mehr üben. Aber er hatte recht, sollten sie doch alle starren. Es war nur einfacher gesagt als getan.

»In ein paar Tagen reden sie gar nicht mehr über euch. Dann treiben sie eine andere Sau durchs Dorf«, versuchte Lukas mich erneut zu beruhigen, was ihm mit seiner Wortwahl nicht gerade gelang. Je weiter wir gingen, desto schneller klopfte mein Herz und ich wäre am liebsten abgehauen. Aber was hätte das gebracht? Außerdem hatte ich einen tollen Freundeskreis, der mir gerade bewies, dass er zu mir und Bennie stand und uns helfen würde.

Nun gut, Augen zu und durch, es würde bestimmt wieder

wie Samstag laufen. Ich machte mir zu viele Gedanken und am Ende passierte nichts und wie hatte Bennie gesagt? Je normaler wir selbst damit umgingen, desto normaler würde es unsere Umwelt aufnehmen.

Lukas blieb die gesamte Zeit an meiner Seite, bis wir bei unseren Freunden ankamen. Bennie stieß sich von der Wand ab und stellte sich vor mich. In dieser Sekunde traf ich eine Entscheidung. Bevor er irgendetwas sagen konnte, legte ich einen Arm um seine Taille und küsste ihn. Sollten doch alle etwas zu sehen bekommen, sie hatten sowieso darauf gewartet. Nun hatten sie fast ein ganzes Schuljahr Zeit, sich daran zu gewöhnen.

»Guten Morgen, Michelangelo«, begrüßte Bennie mich, als ich von ihm abließ.

»Guten Morgen«, erwiderte ich und griff nach Bennies Hand. Er streichelte mit seinem Daumen über meinen Handrücken, wie er es so oft machte und wie immer jagte es mir eine Gänsepelle über die Haut und die Schmetterlinge setzten zu Kunstflügen in meinem Bauch an.

Es war perfekt. In diesem Moment war es perfekt, trotz der vielen Gaffer um uns herum. Wer wusste schon, was in der Zukunft auf uns zukam? Wie viele Gaffer und Blödiaten wir noch in unserem Leben begegneten.

Was jetzt zählte, waren die Menschen, mit denen wir hier standen und die unsere Freunde waren. Ein breites Lächeln breitete sich auf meinem Gesicht aus.

Vielleicht machten wir tatsächlich die Bulli Tour, vielleicht studierten wir auch sofort. Wir würden es sehen. Wie sagte Bennie: Leben ist das, was passiert, während man gerade dabei ist, andere Pläne zu machen.

Wir waren noch ganz am Anfang und die ganze Welt stand uns offen. In diesem Augenblick war ich mir sicher, dass ich sie mit Bennie erkunden würde.

56 Punkte zum Glück

Was tun, wenn man als Jungbauer ungeoutet in einem 1.000-Seelendorf lebt?

Richtig, Casper meldet sich bei einem Dating-Portal an. Er lernt jemanden kennen, schreibt mit ihm, trifft sich das erste Mal und verliebt sich. Nun stellt er allerdings fest, dass er wieder am Anfang steht. Coming-out, und wenn, wie? Wie werden seine Familie und Freunde reagieren, wie die Dorfbewohner? Wird er der Aussätzige des Dorfes sein?

Aber nicht nur diesen Fragen stellt Casper sich. Im Laufe der Beziehung kommen andere dazu. Wie funktioniert eine Beziehung? Gibt es ein richtig oder falsch, schwarz oder weiß? Und: Wie viel Punkte braucht man zum Glück?

Kochlöffel, Trecker und Beziehungskiste
   Sammelband

Casper und Bjarne sind seit viereinhalb Jahren zusammen und der Alltag hat sich bei ihnen eingeschlichen.
Sie haben kaum Zeit füreinander, streiten und versöhnen sich wieder.

Caspers neue Verantwortung für den Hof, ein Hausumbau und der neue Futterberater fordern Casper und Bjarne zusätzlich heraus.

In diesem Sammelband sind alle 7 Kurzgeschichten der Reihe "Kochlöffel, Trecker und Beziehungskiste" enthalten. Der Band "56 Punkte zum Glück" ist nicht enthalten. Um alle Kurzgeschichtenbände zu verstehen, sollte erst das Buch "56 Punkte zum Glück" und die Bände in der richtigen Reihenfolge gelesen werden.

Und dann passierte das Leben

Für Tobias ist seit einem halben Jahr alles nur noch grau und kalt.

Nur seinen besten Freund Leon lässt er noch in seine Nähe. Der tut was er kann, damit Tobi sich nicht zu Hause vergräbt – oft vergeblich. Doch Florian, neu in der Klasse, denkt nicht daran, Tobias Schmerz zu ignorieren.

Wie wird Tobias darauf reagieren?

Content Notes sind auf der Homepage unter www.nellabeinen.com/buecher/und-dann-passierte-das-leben/ zu finden.

Reise in die Vergangenheit: Neues von Tobias und Florian

Ihr seid neugierig, wie es mit Tobias und Florian weitergeht?  Dann begleitet die beiden in dieser Kurzgeschichte auf eine Reise in Florians Vergangenheit vor dem Umzug.

Die Abiturprüfungen haben sie hinter sich und gönnen sich eine Auszeit in Essen. Tobias taucht ein in Florians ehemalige Welt und lernt ihn noch einmal von einer anderen Seite kennen.

Obwohl ihn auch in Essen die Erinnerungen und die Trauer um Niklas nicht loslassen, lernt Tobias viel über sich selbst und kommt seinen Vorstellungen für die Zukunft näher.

Diese Kurzgeschichte kann unabhängig von »Und dann passierte das Leben« gelesen werden. Wer allerdings die komplette Geschichte von Tobias und Florian kennenlernen möchte, sollte das Buch lesen.

Das Leben ist so einfach

Jonas ist gerne für sich. Er genießt die Ruhe und vermeidet es, neue Menschen kennenzulernen.

Da tritt unverhofft Erik in Jonas Leben und wirbelt es mit seiner Unbekümmertheit und seinem Frohsinn gehörig durcheinander. Nach anfänglicher Unsicherheit fasst Jonas Vertrauen und lässt sich bald ganz auf die aufkeimende Beziehung ein.

Doch schnell stößt Jonas an seine Grenzen. Er muss sich seinen Ängsten stellen, die er jahrelang von sich geschoben hat.

Warnung:
In diesem Buch geht es um Angststörung, Panikattacken, körperliche Gewalt und Mobbing.